Weine nicht Marisa
Botschaften einer verstorbenen Mutter

Jennifer M. Brunner

Weine nicht Marisa

Botschaften einer verstorbenen Mutter

Die Originalausgabe erschien 2008
2. Auflage 2010
© 2010 Jennifer M. Brunner
Satz, Layout und Korrekturen: Jennifer M. Brunner
Herstellung und Verlag: Books on Demand, Norderstedt
ISBN-13: 9783839171479

Dieses Buch widme ich allen Menschen, die auf der Suche nach Glückseligkeit sind.

Die folgenden Personen, Handlungen und Aussagen sind frei erfunden. Dennoch enthält diese Erzählung wertvolle Lebensweisheiten, mit deren Hilfe es mir gelungen ist, schwierige Umstände erfolgreich zu meistern.

Inhalt

Sehnsucht

Wer kennt sie nicht; die Traurigkeit, die uns wie ein Sumpf in die Tiefe der Dunkelheit zu ziehen droht. Wir denken wir fallen in einen unendlichen, schaurigen Abgrund...

So ergeht es Marisa gerade, die nachdenklich auf ihrer kleinen Couch sitzt. Wie traurig ihre Vergangenheit doch ist: Als sie acht Jahre alt war, kamen ihre Geschwister, ihre Eltern und weitere Familienangehörige bei einem Großbrand ums Leben. Wie durch ein Wunder konnte ein Feuerwehrmann Marisa gerade noch aus dem brennenden Haus tragen, bevor die Flammen hinter ihm aus der Eingangstür schossen. Von diesem Tag an wuchs sie in einem Kinderheim auf. Die Erzieherinnen waren äußerst grobe Bestien, denn sie waren sehr streng und schlugen Waisenkinder oft ohne Grund – vermutlich um ihren Frust abzureagieren. Die Sozialpädagogen waren auch nicht netter, da sie jedes Kind wie ein Stück Dreck behandelten. Die Malzeiten im Kinderheim waren nicht gerade kräftigend. Meist gab es wässrige Suppen oder wässrige Soßen zu den Beilagen. Die Zeit, die Marisa in der Schule verbrachte, war ihr ebenso unangenehm, denn die Lehrer waren streng und der Leistungsdruck groß. Doch die vielen Hausaufgaben beschäftigten sie so sehr, dass sie kaum Zeit hatte, über ihr Leid nachzudenken.

Und nun ist sie fast dreißig Jahre alt. Seit mehreren Jahren arbeitet sie als Kassiererin in einem Supermarkt. Verheiratet ist sie nicht und einen Freund hat sie ebensowenig. Sie versteht nicht, warum kein Mann Interesse an ihr zeigt. Sie ist zwar nicht besonders schön – eher durchschnittlich – aber nicht zu hässlich, um Männer abzuschrecken. Oder ist sie einfach zu schüchtern? Sie kann es nicht fassen, dass sie nie im Leben einen Liebesbrief erhalten hat. Familie hat sie keine und seltsamerweise gingen in den letzten Jahren ihre Freundschaften in die Brüche.

Da sitzt sie nun ganz allein in ihrer kleinen Wohnung. Der einzige treue Freund, der ihr geblieben ist, ist ihr Hund Ronaldo. An ihre extreme Einsamkeit hat sie sich zwar etwas gewöhnt. An manchen Tagen weiß sie sogar die Ruhe zu schätzen. Doch allzu oft ist die bittere Einsamkeit schmerzhaft und unerträglich.

Marisa unterbricht ihren Gedankengang und streckt sich gelangweilt, wobei Ronaldo eifrig zur Wohnungstür rennt. Da sich sein Frauchen wieder etwas bewegt, möchte er ihr signalisieren, dass er raus möchte. Träge rappelt sich Marisa auf und zieht sich ihre Straßenschuhe an. Nachdem sie ihrem geliebten Vierbeiner die Leine anlegt hat, geht mit ihm hinaus. Draußen bemerkt sie, wie schön das Wetter ist und genießt die Wärme, die ihre Seele berührt. Eingehüllt von der Sonne, fühlt sie sich getröstet und behütet. Der klare, frische Wind streichelt sanft ihre Haut. – Während sein Frauchen die Umgebung bewundert, schnüffelt Ronaldo nach Spuren anderer Tiere.

Marisa liebt es, den Strand entlang zu laufen und das Meer zu beobachten. Die salzige Luft hat eher eine belebende Wirkung, wogegen das Rauschen der Wellen sie beruhigt. Marisa setzt sich an den Strand, während Ronaldo übereifrig den Sand beschnüffelt. Hin und wieder tollt der kleine Jack-Russel-Terrier im seichten Wasser, wobei es so aussieht, als wolle er die Wellen jagen. Jedes Mal, wenn er aus dem Meer herauskommt, läuft er schnurstracks zu Marisa und schüttelt sich neben ihr das Wasser aus dem Fell. Obwohl ihr dies ein wenig unangenehm ist, findet sie es dennoch sehr amüsant. Oft bemerkt sie die Wassertropfen nicht einmal, weil sie zu sehr in ihren Gedanken vertieft ist.

In ihrem Kopf dreht sich meist alles um ihre Einsamkeit. Es ist schmerzhaft, niemanden zu haben, mit dem sie über alles reden kann. Oft denkt sie an ihre verstorbene Mutter. Sie war eine liebevolle Frau, die sich stets für hilfsbedürftige Menschen engagierte. Sie arbeitete für das Rote Kreuz und verbrachte unter anderem viel Zeit mit älteren Leuten, die dem Tod nahe waren. Sie hatte ein Herz für alle Lebewesen dieser Welt. Pflanzen, Tiere, ja sogar Insekten wusste sie zu schätzen. Sie war einfach die *perfekte* Mutter. Marisa hatte einen frechen, hyperaktiven Bruder, der vier Jahre jünger war als sie selbst. Damals ging er ihr auf die Nerven; doch heute würde sie alles dafür geben, von diesem Knirps an den Haaren gezogen oder mit Pudding beworfen zu werden. Ihre Schwester war drei Jahre älter als sie. Da sie Marisa ständig belehren wollte, erschien sie immer viel zu arrogant und besserwisserisch. Doch nun sehnt sich Marisa danach, von dieser jungen Frau eine Lektion erteilt zu bekommen. Ihr Vater war Ladenbesitzer und somit meist mit seinen Kunden beschäftigt. Er war sehr gutmütig und intelligent. Und für seine Kinder plante er häufig aufregende Ausflüge. Er brachte ihnen viel über die portugiesische Kultur und Geschichte bei. Außerdem verfügte er über einen hervorragenden Sinn für Humor. Nun sehnt sich Marisa seine Witze herbei, die sie einst derart zum Lachen brachten, dass sie kaum noch Luft bekam. Ihre älteste Cousine half in seinem Laden oft als Kassiererin aus. Sie war ihr eine einzigartige Freundin. Oft gingen sie gemeinsam einkaufen oder am Strand spazieren. Obwohl der Altersunterschied groß war, verstanden sie sich prächtig. Mit ihr teilte Marisa ihre intimsten Geheimnisse. Gleichermaßen vermisst sie ihre Großmutter, die ihr das Stricken beibrachte und mit der sie oft einen Kaffeeklatsch hielt.

Mit überwältigender Sehnsucht denkt Marisa immerzu an die schönen, alten Zeiten. Wie konnte sie plötzlich alles verlieren? Und wieso musste das Feuer ihre Familie im Schlaf überraschen und töten? Warum hat das Schicksal sie allein zurückgelassen? Wieso konnte sich aus diesem Haus sonst niemand vor den Flammen und dem Rauch retten? Das schreckliche

Ereignis ist Marisa nicht geheuer. Ihrer Meinung nach grenzt es geradezu an Hexerei, dass sie als einzige aus diesem Haus gerettet werden konnte. Zwar sind bei dem Großbrand weitere Menschen gestorben – doch trotzdem ist Marisa skeptisch. Den Glauben an Gott hat sie seitdem aufgegeben. Noch immer fragt sie sich, wie Gott nur so gemein, kalt und erbarmungslos sein konnte, ihr die Familie wegzunehmen. In ihren Augen sind Gott und der Teufel eine einzige Person. Oder gibt es gar keinen Gott? Vielleicht gibt es nicht einmal einen Teufel. Viele Menschen sind fest davon überzeugt, dass der Teufel für all das Leid dieser Welt verantwortlich ist. Und welche Rolle spielt Gott dabei? Warum lässt diese Macht so viele Gräueltaten und Katastrophen zu? Sprach Jesus nicht von einem barmherzigen Gott? Und wenn es wirklich einen Gott geben sollte, so hat dieser ihr bestimmt den Rücken zugewendet.

Marisa sitzt regungslos am Strand und beobachtet die lebhaften Wellen. Tränen kullern aus ihren Augen, während sie sehnsüchtig an ihre verstorbenen Familienangehörigen denkt. Jeden von ihnen möchte sie wahnsinnig gern in diese Welt zurückholen. Und dafür würde sie alles riskieren!

Das Antiquariat

Am nächsten Vormittag sitzt Marisa an der Kasse, wobei sie ein Produkt nach dem anderen über den Barcode-Scanner zieht und Wechselgeld herausgibt. Während sie arbeitet, bemerkt sie, wie draußen plötzlich ein schwerer Sturm aufzieht, der um das gesamte Gebäude heult. Hin und wieder (wenn sie Zeit hat) blickt sie durch die großen Glasscheiben des Supermarktes und beobachtet, wie sich Straßenlaternen und Bäume im Wind biegen. Leere, zerfetzte Packungen werden über den Kundenparkplatz geweht. Als Marisa ihre routinierte Arbeit fortsetzt, bemerkt sie, dass ein gelbes Blatt Papier durch den Ausgang in den Supermarkt geweht wird und direkt auf sie zu flattert. Zu Marisas Verwunderung landet der gelbe Zettel geradewegs auf ihrem Schoß, worüber sich einige Kunden amüsieren.

»So etwas eigenartiges habe ich noch nie gesehen!«, lacht eine Kundin.

Lächelnd nimmt Marisa das gelbe Blatt von ihrem Schoß und wirft es in den Papierkorb, der sich neben ihr befindet.

»Ja, ich habe so etwas auch noch nicht erlebt!«, erwidert Marisa freundlich.

Obwohl es Marisa überhaupt nicht ähnlich sieht, verspürt sie eine tiefgründige Neugier, die sie dazu verleitet, mehr über den seltsamen Zettel herausfinden zu wollen.

Während ihrer kurzen Mittagspause geht sie zu dem Papierkorb, um das gelbe Blatt herauszuholen. Eifrig liest sie die aufgedruckte Schrift.

SONDERAKTION IM ANTIQUARIAT RUFINO FARIA
DIESE WOCHE VERKAUFEN WIR ALTE MÖBEL,
BÜCHER, VASEN, GEMÄLDE UND KLEINERE
SCHÄTZE IM SONDERANGEBOT.
KOMMEN SIE DOCH EINFACH VORBEI!
BESTIMMT IST AUCH FÜR SIE ETWAS DABEI!

Nachdenklich liest Marisa die Aufschrift wieder und wieder. Seufzend erinnert sie sich daran, dass sie nicht genug Geld hat, um Dinge zu kaufen, die sie nicht unbedingt benötigt. Das Antiquariat, das sich in der Altstadt befindet, ist ihr durchaus bekannt. Allzu oft hat sie durch das Schaufenster geschaut, um die schönen Antiquitäten zu bewundern. Die hohen Preise, die sie auf den Preisschildern sah, haben sie zu ihrem Bedauern jedes Mal davon abgehalten, den Laden zu betreten. Um nicht über ihre finanzielle Situation nachzudenken, hat sie sogar in den letzten Monaten einen großen Bogen darum gemacht. Doch nun, als sie das gelbe Flugblatt in den Händen hält, verspürt sie den eigenartigen Drang, sobald wie möglich zum Antiquariat zu gehen. Für einen Bruchteil der Sekunde kommt es ihr sogar vor, als würde ein Gegenstand, der sich dort befindet, sie zu sich rufen. Als sie diesen absurden Gedanken bemerkt, redet sie sich ein, es sei ohnehin blödsinnig dort hinzugehen. Schließlich hat sie nicht genug Geld, um den schlichtesten Aschenbecher zu kaufen.

Nachdem sie ein belegtes Maisbrot in aller Hast herunter geschlungen hat, macht sie sich wieder an die Arbeit.

Nach Feierabend überquert Marisa die Stadt, um nach Hause zu kommen. In der Nähe des Antiquariats wird sie abrupt von einer fremden, alten Dame angesprochen.

»Ach, ich bin ja so glücklich! Schau' doch mal, was ich gerade für fünf Euro gekauft habe!«

Voller Freude holt die Dame eine antike Vase aus einer Papiertüte hervor und hebt das wertvolle Stück demonstrativ vor Marisas Augen.

»Schön für Sie!«, erwidert die junge Frau schockiert.

»Ach, nicht der Rede wert! Ich bin sicher, du findest auch etwas nettes im Antiquariat!«

»Nein…das kann ich mir nicht vorstellen!«, entgegnet Marisa schüchtern.

»Na sicher doch!«, motiviert die alte Frau, wobei sie Marisas Arm packt. »Komm' doch! Ich bin sicher, du findest etwas!«

Voller Begeisterung zerrt die zerbrechliche Dame Marisa zum Antiquariat. Widerwillig lässt Marisa sich leiten. Mit einem vorwurfsvollen Blick und nur um der Dame einen Gefallen zu machen, betritt Marisa schließlich den dunklen, großen Laden, während die ältere Frau lächelnd vor der Tür zurückbleibt.

Als sich Marisa im Antiquariat umschaut, staunt sie, so überwältigt ist sie von der Vielfalt und Schönheit der Antiquitäten. Wertvolle Bilder und Wandteppiche schmücken die dunklen Wände. Schaukelstühle, Sofas und Tische übersehen den Raum. Wunderschöne Figuren aus Porzellan und Gold stehen in Glasvitrinen und der Duft von Sandelholz hängt in der Luft. Nachdem sie wahllos durch die Gänge gewandert ist, fühlt sie sich zu einem Tisch hingezogen, auf dem viele kleine Wertgegenstände ausgebreitet sind. Dort stehen antike Kerzenständer, kleine Parfümgefäße aus Porzellan und Glas, altmodische Tassen mit passenden Untertassen, alte Pfeifen, kleine und wertvolle Standuhren, diverse Vasen, antike Skulpturen, schicke Puderdosen, wahnsinnig schöne Untersetzer und weitere Kleinigkeiten.

Plötzlich richtet sich Marisas Augenmerk auf etwas, das einem Holzkasten ähnelt. Die aufwendig bemalte Kiste glänzt in diversen, leichten Farbtönen. Obwohl es nicht ihre Art ist, etwas Wertvolles anzufassen, nimmt sie den Kasten in die Hand und begutachtet ihn aus der Nähe. Nachdem sie den Deckel aufgeklappt hat, stellt sie überrascht fest, dass es sich hierbei um eine Spieldose handelt. Eine winzige, anmutige, weibliche Figur tanzt kreisend zur gespielten Melodie. Dieser verzaubernde Anblick erinnert Marisa an irgendetwas. Seltsamerweise hat sie das Gefühl, diese Spieldose schon einmal gesehen zu haben. Eifrig überlegt sie, wo sie sie gesehen haben könnte. Schließlich trifft die Erinnerung sie wie ein Schlag. Ihre Mutter besaß eine Spieldose, die genau so aussah wie diese. Was ist, wenn es sich hierbei tatsächlich um das Eigentum ihrer Mutter handelt? Und wie kam die Dose überhaupt hier her? Beim dem Großbrand hätte diese Holzkiste den Flammen zum Opfer fallen müssen. Marisa mustert die schöne Spieldose bis ins kleinste Detail und bemerkt eine Delle an einer Kante. Haargenau so eine Beschädigung entstand, als sie als kleines Mädchen die Dose versehentlich fallen lies. Schließlich entdeckt Marisa ein Preisschild, auf dem eine Preisangabe von zwei Euro vermerkt ist. Nur zwei Euro für diese handbemalte Antiquität? Das ist einfach zu schön, um wahr zu sein!

Bestürzt läuft Marisa ziellos durch den Laden, wobei sie immer noch die Dose in der Hand hält. Ihr Herz hämmert und ihre Gedanken spielen verrückt. Vom Denken geblendet, ist ihr nicht bewusst, was sie tut oder wohin sie geht. Und mit einem Mal steht sie vor der Theke. Hinter dem Ladentisch steht der Besitzer, der sie schon seit mehreren Minuten neugierig beobachtet. Als Marisas Aufmerksamkeit in die Gegenwart zurückkehrt, bemerkt sie, wie der Ladenbesitzer sie ansieht. Dem Gesichtsausdruck zufolge, muss Marisa ziemlich seltsam und gar geistesgestört auf ihn gewirkt haben.

»Äh…ich…äh…ich möchte gern wissen, ob… ob…«, stammelt Marisa verlegen.

Zu dumm! Ihr Kopf ist nun völlig unfähig, eine simple Frage zu formulieren.

»Ja?«, ermutigt der Ladenbesitzer sie, den Satz zu beenden.

»Äh…«

»Was möchten Sie wissen, junge Frau?«

»Äh…woher…äh…woher haben Sie das?«

»Lassen Sie mich überlegen… Ja, genau! Ein Polizist hat mir diese Spieldose gegeben. Das war… ich glaube, das war vor etwa zwanzig Jahren.«

»Äh…«, stottert Marisa, während sie zwanghaft die Dose anstarrt.

»Ist etwas nicht in Ordnung?«, will der Mann wissen.

»Nein, alles bestens! Äh… War das nach… nach dem Großbrand in der Altstadt?«

»Ja! Einige Monate später, wenn ich mich recht entsinne.«

Schockiert sieht Marisa die Spieldose an, wobei ihre Hände zu zittern beginnen.

»Was ist los?«, fragt der Ladenbesitzer mit besorgtem Ausdruck.

»Ach nichts!«, antwortet Marisa.

Zügig stellt sie die handbemalte Dose auf die Theke, holt ihre Geldbörse aus der Handtasche und gibt dem Mann zwei Euro in die Hand. Voller Hektik wirft sie ihr Portemonnaie zurück in die Handtasche, greift die Spieldose und verlässt das Antiquariat mit erstaunlicher Geschwindigkeit.

Wie von der Tarantel gestochen, sprintet Marisa den gesamten Weg zu ihrer Wohnung. Von den unaufhörlichen Gedanken werden ihre Sinne so stark betäubt, dass sie nicht einmal mitbekommt, dass sie rennt. Verschwitzt und außer Atem kommt sie in ihrem vertrauten Heim an. Ronaldo stellt sich auf die Hinterläufe und schabt mit seinen Vorderpfoten an ihrem linken Bein. Damit begrüßt er Marisa freudig und will ihr verständlich machen, dass er noch existiert und dringend raus muss. Doch sein Frauchen bekommt von all dem nichts mit. Desorientiert stellt sie die Spieldose auf einen kleinen Ablagetisch und reibt sich mit ihrem rechten Unterarm den Schweiß von der Stirn. Es dauert einige Minuten, bis ihr bewusst wird, dass Ronaldo unentwegt zur Tür rennt, fiept, zu ihr zurück eilt, mit seinen Forderpfoten an ihrem Bein scharrt, und erneut zur Tür rennt. Ohne zu wissen, was zuvor passiert ist und wie sie in ihre Wohnung kam, schnappt sie Halsband und Leine und geht hastig mit ihrem Hund hinaus. Draußen lässt sie sich von Ronaldo führen, da sie noch immer sehr verwirrt ist. Sie versucht sich daran zu erinnern, was in den letzten Minuten passiert ist. Nun ist sie so sehr damit beschäftigt, ihre Gedanken zu ordnen, dass sie wieder nicht mitbekommt, wohin sie geht.

Marisa weiß zwar nicht, wie viel Zeit mittlerweile vergangen ist, dennoch stellt sie mit Erstaunen fest, dass sie sich wieder vor ihrer Wohnungstür befindet. Ronaldo kratzt mit seiner linken Forderpfote an der Tür und fiept, um ihr zu signalisieren, dass er hinein möchte. Da Ronaldo so ungeduldig ist, muss er dem Anschein nach schon eine gute Weile vor verschlossener Türe stehen. Langsam holt Marisa ihren Schlüssel aus der Hosentasche, um aufzuschließen. Freudig rennt Ronaldo in die kühle Wohnung, stürzt sich auf seinen Wassernapf und trinkt. Verwirrt setzt sich Marisa auf die Couch. Als ihr Blick auf die Spieldose fällt, kommt ihr ein klarer Gedanke – vielleicht der klarste, den ihr Gehirn in den letzten Stunden formuliert hat: Ihre verstorbene Mutter ist anwesend und hat sie zu dieser Holzdose geführt.

»Blödsinn!«, ruft sie in den Raum, wobei Ronaldo sie verblüfft anschaut, als wolle er sagen: ‚Was habe ich nun schon wieder falsch gemacht?‘.

Verwundert über sich selbst, fährt sie sich verzweifelt mit den Fingern durch das Haar. Ist sie denn jetzt derart übergeschnappt, dass sie etwa schon Selbstgespräche führt? Na ja, da sie zumindest bemerkt hat, dass sie laut mit sich selbst redet, kann sie ja noch nicht vollkommen wahnsinnig sein.

Nachdenklich geht sie zum Badezimmer, um einen Blick in den Spiegel zu werfen. Traurige, leere, dunkelbraune Augen blicken ihr entgegen. Ihr braunes Haar ist ein wenig verschwitzt und ihr rundliches Gesicht ist blasser als sonst. Aufgrund ihrer Melancholie sind ihre Mundwinkel nach unten gezogen, was ihre fülligen Lippen eher trostlos erscheinen lässt. Seufzend streicht sie sich mit den Händen über das Gesicht und wischt sich die nassen Haare von der Stirn. Insgesamt sieht sie aus wie immer – nur in ihrem Inneren scheint sich etwas zu verändern. Oder ist sie einfach nur krank und hat Fieber? Marisa ist zu träge und erschöpft, um ihre Körpertemperatur zu messen. Ebenso wenig will sie jetzt noch zum Arzt.

Gerädert geht sie zur Stube zurück und lässt sich auf die Couch fallen. Dabei wandert ihr Blick seltsamerweise wieder zur Spieldose und verankert sich dort für einige Zeit. Da Marisa ohnehin nicht versteht, was mit ihr los ist, denkt sie nicht weiter darüber nach. Leblos sitzt sie auf der Couch, während sie die Dose anstarrt. Eigenartigerweise wird sie das Gefühl nicht los, dass ihre Mutter anwesend ist. Hin und wieder schießt ein seltsamer Gedanke auf, bevor der Geistesblitz für immer aus ihrer Erinnerung erlischt.

Ungewöhnliche Botschaft

Am nächsten Morgen wacht Marisa sehr früh auf und bemerkt, dass sie auf der Couch geschlafen hat. Aus unerklärlichen Gründen, erinnert sie sich nun ganz deutlich an den vorherigen Abend. Sie entsinnt sich, wie sie die Spieldose im Antiquariat fand und anschließend nach Hause rannte. Obendrein weiß sie noch genau, wie seltsam sie sich am Abend zuvor fühlte.

Da sie nun hellwach ist, steht sie auf, geht ins Badezimmer und blickt in den Spiegel. Ihr Gesicht ist jetzt nicht mehr so blass wie vor einigen Stunden. Vermutlich geht es ihr nun besser. Nachdem sie sich gewaschen und gefrühstückt hat, geht sie mit ihrem Hund am Strand spazieren, wobei sie die morgendliche Stille genießt. Ihr Gehör scheint heute noch schärfer zu sein als je zuvor. Das Rauschen des Meeres, das sie äußerst deutlich wahrnimmt, ähnelt ihrer Ansicht nach einer konstanten Melodie. Diese unvergleichlichen Töne berühren ihr Herz so sehr, dass sie Gänsehaut bekommt. Marisa bewundert die Möwen, die über den Wellen kreisen und poetisch ihre Flügel schwingen. Nach Marisas gegenwärtiger Auffassung gleichen deren Rufe einem lieblichen Gesang, den sie bis auf die Knochen verspürt. Wie eine reinigende Brise haucht die klare Meeresluft Leben in ihre Seele. Violette Töne des Sonnenaufgangs schmücken den Himmel. Der Sand des Strandes glitzert unter der orange farbigen Sonne, die bereits die bunten Häuser erhellt. Die gesamte Landschaft erscheint plötzlich wie ein prachtvolles Gemälde. In den letzten Jahren hat Marisa die Schönheit der Natur kaum bemerkt, da sie sich gedanklich zu intensiv mit ihrer Vergangenheit beschäftigt hat.

Quicklebendig und gut gelaunt geht sie schließlich zur Arbeit. Ihre Kolleginnen sind ziemlich verwundert darüber, dass Marisa mit einmal lächelt. Denn von ihr sind sie es gewohnt, dass sie eine deprimierte Miene zieht.

»Na, du lächelst ja so! Hast du dich etwa verliebt?«, möchte eine der Kolleginnen wissen.

Erstaunt schaut Marisa die pummelige Frau an.

»Nein. Ich wüsste nicht, in wen ich verliebt sein sollte.«

»Ja, wieso lächelst du dann mit einmal?«

»Das weiß ich nicht! Vielleicht weil ich heute Morgen bemerkt habe, wie schön es am Strand ist.«

Verwundert blicken sich die Kolleginnen gegenseitig an. Anhand ihrer Gesichtsausdrücke, merkt Marisa, dass sie für verrückt gehalten wird. Eine Kollegin rollt sogar mit den Augen und schüttelt den Kopf. Marisa schenkt den dummen Reaktionen jedoch keinerlei Beachtung.

Mehrere Minuten später sitzt sie an der Kasse und zieht diverse Packungen über den Barcode-Scanner, als es draußen plötzlich immer dunkler wird. Neugierig blickt Marisa durch die riesigen Glasscheiben des Supermarktes. Düstere Wolken ballen sich am Himmel, während ein starker Wind durch die Straßen fegt. Alles deutet darauf hin, dass ein Unwetter im Anzug ist. Einige Kunden werden unruhig und gehen schnell zur Kasse. Damit diese schnell nach Hause fahren können, bevor das Wetter noch bedrohlicher wird, bemüht sich Marisa, möglichst flink zu sein. Schließlich bemerkt sie, wie Blitze innerhalb weniger Sekunden aus unterschiedlichen Himmelsrichtungen aufleuchten. Obwohl ein gewaltiges Wetterleuchten aus tausend Blitzen die Gegend verunsichert, ist kein einziger Donner zu hören. Fast schon panisch stehen die Kunden an der Kasse Schlange, als es draußen immer dunkler und unheimlicher wird. Nach etwa einer halben Stunde verlässt der letzte Kunde ängstlich den Supermarkt. Die übrigen Kassiererinnen machen eine

Kaffeepause, um das Unwetter abzuwarten. Währenddessen steht Marisa vor den großen Glasscheiben und blickt staunend nach draußen. Der Himmel ist geradezu von Blitzen übersät, die jede Sekunde an einer anderen Stelle auftauchen. So etwas Eigenartiges hat Marisa noch nie gesehen. Der Wind hat sich mittlerweile zu einem heftigen Sturm entwickelt. Regenschirme, Zeitungspapier, Plastikpackungen, ja sogar Hüte werden über Straße und Parkplatz geschleudert. Doch es wird noch ungewöhnlicher: Mit einem Schlag hellt der Himmel auf, wobei die Sonne durch die dunklen, dichten Wolken bricht. Aus dem Nichts tauchen weiße Blütenblätter auf, die direkt unter den Sonnenstrahlen aufleuchten und kreisförmig durch die Luft gewirbelt werden. Für einen Bruchteil der Sekunde glaubt Marisa, dies sei eine freudige Botschaft ihrer Mutter, die ihr Trost und Geborgenheit vermitteln möchte. Doch wie üblich verdrängt sie diesen hoffnungsvollen Gedanken, ebenso wie das Glücksgefühl, das sie gerade noch empfand. Für einige Minuten bewundert sie die spiralförmig kreisenden Blütenblätter, bis diese zu ihrer Enttäuschung fortgeweht werden. Der Himmel wird schlagartig heller und klarer, bis sich die warme Sonne endgültig durchgesetzt hat und keine einzige Wolke mehr zu sehen ist. Auch der heftige Sturm, der jetzt spurlos verschwunden ist, wurde von einer sanften Brise abgelöst. Nach Marisas Beurteilung, ist das Wetter in letzter Zeit ziemlich eigenartig. Gelassen geht sie zum Lagerraum, um Nachschub für die Regale zu holen. Nachdem sie viele Konservenbüchsen in die Regale einsortiert hat und als sich schließlich wieder Kunden im Supermarkt befinden, führt sie ihren Job an der Kasse fort.

Nach ihrer absolvierten Schicht, macht sich Marisa auf den Heimweg. Beim Durchqueren der Altstadt, beobachtet sie Passanten, die durch die Promenaden schlendern. Einige unterhalten sich freudig mit ihren Freunden. Andere sind allein und vollkommen in Gedanken vertieft, wodurch ein trauriger Ausdruck auf ihren alternden Gesichtern lungert. Urplötzlich verspürt Marisa einen beißenden Schmerz an ihrem rechten Schienbein, was sie dazu veranlasst, zu Boden zu blicken. Ein Blindenstock versperrt ihr den Weg. Zu ihrer Rechten sitzt eine blinde Frau auf dem Bürgersteig. Neben dieser befindet sich ein lumpiger Hut, in dem ein Paar Geldstücke liegen. Die Frau trägt alte, abgetragene Kleidung; ihr fettiges Haar ist stark verfilzt und ihre leeren Augen blicken ziellos ins Ungewisse. Gerade als Marisa um den Stock herumlaufen will, hört sie eine krächzende Stimme.

»Junge Frau! Du hast die Gnade Gottes.«

»Wie bitte?«, fragt Marisa entsetzt, wobei sie die blinde Frau verwirrt anschaut.

»Ich sagte, dass Gott dir gnädig ist!«, faucht die verwahrloste Frau.

Als Marisa die Blinde fassungslos anstarrt, scheint diese den fragenden Blick zu spüren.

»Du wirst dich sehr bald vom Leid befreien können. Sei froh, denn das kann nicht jeder!«

Immer noch sprachlos, durchbohrt Marisa die verkümmerte Frau mit ihren Blicken.

»Deine Mutter hilft dir dabei.«

»Sagen Sie mal, was fällt Ihnen ein? Meine Mutter ist seit zwanzig Jahren tot!«, erwidert Marisa im groben Tonfall und geht schleunigst weiter, ohne zurückzuschauen.

Die blinde Frau hat bei ihr einen wunden Punkt getroffen. Marisa kann es nicht ertragen, fremde Menschen über ihre Eltern sprechen zu hören. Ungern wird sie an all das erinnert, was sie verloren hat – sie denkt schon oft genug von sich aus darüber nach. Liebend gern würde sie es miterleben, wie ihre Mutter ihr hilft. Doch die Tatsache sieht nun mal anders aus. An Hilfe aus dem Jenseits glaubt Marisa nicht, da sie sich seit zwanzig Jahren allein durchkämpfen musste, ohne auch nur die geringste Unterstützung verspürt zu haben. Selbst wenn ihr der Geist ihrer Mutter jetzt helfen würde – wo ist sie in den letzten zwanzig Jahren gewesen? Wo ist sie gewesen, als Marisa sie dringend brauchte? Wo war sie, als Marisa im Kinderheim zu Unrecht geschlagen wurde? Wo ist sie gewesen, als ihr alle Menschen den Rücken zukehrten? Und wo hat sie sich aufgehalten, als Marisa einsame Weihnachtsfeiertage weinend vor dem Fernseher verbrachte? Niemand war anwesend – schon gar nicht ihre verstorbenen Verwandten aus dem Jenseits. Mit verweinten Augen kommt Marisa in ihrer Wohnung an, wo sie freudig von ihrem besten und treusten Freund Ronaldo begrüßt wird.

Der Hilfsbedürftige

Der nächste Tag beginnt ziemlich ereignislos; bis auf den starken Regen, der ohne Ende vom Himmel prasselt. Während Marisa ihrer routinierten Arbeit nachgeht, beunruhigt das düstere Wetter ihr Gemüt, wodurch sie zunehmend müder wird. Wann immer sie durch die großen Glasscheiben schaut, wird sie von der Sehnsucht nach Schlaf ergriffen.

Gegen Nachmittag lässt der Regen allmählich nach, worauf sich langsam aber sicher Sonnenstrahlen zwischen den aufklärenden Wolken hindurchzwängen.

Ziemlich erschöpft macht sich Marisa am frühen Abend auf den Heimweg. Als sie zu der Straße kommt, in der sie wohnt, sieht sie einen Mann langsam den Bürgersteig entlang laufen. Dieser trägt ein dunkelrot und orange farbiges Gewand – die Tracht eines buddhistischen Mönches. Sein Kopf ist kahl geschoren, die Haut ist stark gebräunt und er trägt schlichte Sandalen. Beim Laufen stützt er sich auf einen Wanderstock, woraus Marisa schließt, dass er schon lange unterwegs ist. Als die junge Frau den seltsamen Fremden eingeholt hat, sieht sie ihn voller Mitgefühl an.

»Sie scheinen ziemlich erschöpft zu sein«, bemerkt sie.

»Sieht man mir das an?«, antwortet der Buddhist mit einem leichten Akzent. »Ich bin gerade auf Durchreise.«

»Sie sehen sehr abgemagert aus. Möchten Sie bei mir etwas essen?«

»Das ist lieb von dir. Nahrung kann ich jetzt gut gebrauchen.«

»Ich wohne gleich hier drüben in diesem Wohnblock. Ich muss nur schnell mit meinem Hund spazieren gehen. Aber währenddessen können Sie sich bei mir ausruhen.«

25

»Das ist sehr lieb von dir. Du verfügst über ein gutes Maß an Mitgefühl.«

Sobald beide vor dem Wohnhaus stehen, öffnet Marisa die Eingangstür und lässt den ausgelaugten Mann zum Treppenhaus laufen. Zusammen gehen sie wenige Stufen hinauf, bis zu Marisas Wohnungstür.

»Es hat seine Vorteile, im ersten Stock zu wohnen«, lächelt Marisa, während sie die Wohnungstür aufschließt.

Als die Tür aufspringt, kommt Ronaldo überglücklich auf sie zu gerannt. Nach einer kurzen Begrüßung, beschnüffelt der Rüde aufmerksam den seltsamen Fremden. Lächelnd und voller Freude streichelt dieser den energischen Hund. Geschwind legt Marisa dem Jack-Russel-Terrier die Leine an und deutet mit einer Kopfbewegung zu ihrer Couch.

»Setzen Sie sich ruhig, solange ich weg bin.«

»Vielen Dank. Das ist sehr freundlich. Lässt du immer fremde Männer in deine Wohnung?«

»Nein, überhaupt nicht! Ich habe nur das eigenartige Gefühl, dass ich Ihnen vertrauen kann, und dass ich Ihnen helfen sollte. Außerdem besitze ich kaum etwas. Diebstahl lohnt sich bei mir nicht.«

Mit Ronaldo verlässt Marisa hastig die Wohnung, zieht die Tür hinter sich zu und rennt hinaus. Bei dem Gedanken, einen fremden Mann alleine in ihrer Wohnung zu lassen, ist ihr schon etwas unwohl zumute. Aber schließlich kann sie dem erschöpften Buddhisten nicht zumuten, mit ihr den Hund auszuführen. Marisa beeilt sich, weil ihr Mistrauen von Minute zu Minute wächst. Da Ronaldo weiß, dass in der Wohnung ein Gast auf ihn wartet, der noch ordentlich beschnuppert und begutachtet werden muss, fällt es ihm nicht schwer, auf seine gewöhnlich lange Spuren-Erkundung zu verzichten und überschlägt sich auf dem Heimweg beinahe vor Freude. Sobald Marisa die Wohnungstür öffnet, schießt Ronaldo hinein und stürzt sich geradewegs auf den Fremden, der sich auf der Couch erholt. Marisa atmet erleichtert auf, als sie sieht, dass in ihrer Wohnung alles in bester Ordnung ist. Beruhigt legt sie die Leine weg, während sie Ronaldo beobachtet: Dieser steht auf den Hinterbeinen, wobei er seine Vorderpfoten auf dem Knie des Mannes abstützt, freudig mit dem Schwänzchen wedelt und sich dabei mit Vergnügen vom Fremden streicheln lässt. Es sieht aus, als hätten beide innerhalb weniger Sekunden Freundschaft geschlossen.

»Was ist das für eine Rasse?«, erkundigt sich der Mann lächelnd.

»Es ist ein Jack-Russel-Terrier.«

»Aha, wie schön. Er sprudelt geradezu vor purer Lebensfreude.«

»Sind Sie ein buddhistischer Mönch?«

»Ja, das bin ich. Ich bin unterwegs zum Buddhistischen Zentrum«, erklärt er freundlich. »Ich schätze ich habe mich verlaufen.«

»Ja, denn der Buddhistische Verein befindet sich außerhalb der Altstadt. Zu Fuß ist das ganz schön weit. Deshalb sollten Sie besser die Straßenbahn nehmen. Ich führe Sie nach dem Essen dorthin.«

»Das ist sehr freundlich. Danke!«

»Sie sind nicht von hier, nicht wahr?«

»Nein. Sesshaft bin ich zur Zeit in Frankreich.«

»Übrigens, ich heiße Marisa Moreira Duarte.«

»Sehr erfreut«, erwidert der Mönch mit einer leichten Verbeugung, wobei er seine Hände wie zum Gebet aneinander legt. »Mein Name ist Lama Buton Njima.«

»Da du Buddhist bist, schätze ich, bist du auch Vegetarier.«

»Das stimmt. Wir Buddhisten glauben, dass wir auch als Tier wiedergeboren werden können. Aus Respekt vor Tieren, essen wir deshalb nur Obst, Gemüse und Getreide.«

»Gut, ich wollte heute ohnehin Gemüseeintopf mit Reis kochen. Ich hoffe, dass es dir schmecken wird.«

»Das wird es sicherlich! Das ist wirklich lieb von dir.«

»Ach, keine Ursache. Ich bin froh, dass ich heute nicht für mich allein kochen muss.«

Während Marisa das Essen zubereitet, nimmt sie hin und wieder Ronaldo in Augenschein, der mittlerweile auf die Couch gesprungen ist und inbrünstig versucht, das Gesicht des Mönches abzuschlecken. Der Buddhist hält jedoch den Hundekopf auf Distanz, sodass die schlapprige Zunge (einige Millimeter von seinem Gesicht entfernt) die Luft liebkost. Beide sehen einfach zu komisch aus: Ein lächelnder, dünner Mönch versucht einen Hund zu streicheln, während das kleine Geschöpf zwanghaft probiert ihm Hundeküsschen zu geben. Nach fast zwanzig Minuten, gibt der Jack-Russel-Terrier auf und legt sich zufrieden auf den Schoß des Mannes, der ihn nun in aller Ruhe streicheln kann. Als das Essen fertig ist, deckt Marisa ihren kleinen, schlichten Esstisch, wobei ihr der Mönch gern behilflich ist. Ronaldo folgt dem Gast auf Schritt und Tritt, da er momentan nur noch Augen für ihn hat. Dadurch interessiert er sich ungewöhnlicherweise nicht für das Essen, das so hervorragend duftet.

Marisa hätte erwartet, dass sich ein verhungerter Mönch regelrecht auf das Essen stürzt. Doch der Buddhist wartet ganz höflich, während Marisa beide Teller mit Reis und Eintopf füllt. Erst nachdem sie die Gabel zur Hand genommen hat, beginnt der Mönch ganz sachte und genüsslich zu essen.

»Du verfügst über sehr viel Selbstkontrolle«, bemerkt Marisa.

»Als Mönch trainieren wir uns sehr viel Disziplin an. Ein untrainierter Geist ist anfällig für negative Emotionen und Gedanken. Außerdem verlangt er unaufhörlich nach Dingen, die nicht glücklich machen.«

»Aha«, antwortet Marisa mit einem fragenden Blick. »Was sind das für Dinge?«

»Zum Beispiel viel Geld, teure Autos, ein großes Haus, Macht, Erfolg, Ansehen und vieles mehr.«

»Nun… jemand, der viel Geld besitzt, braucht sich keine finanziellen Sorgen zu machen und leidet auch nicht unter Existenzängsten«, argumentiert Marisa.

»Ja, das glauben viele!«, erklärt der Mönch, während er gegartes Gemüse mit dem Messer auf die Gabel schiebt. »Doch leider ist dem nicht so.«

»Wieso nicht?«

»Die grundlegende Existenzangst endet nie durch äußere Umstände. Vom Geld können Menschen einfach nicht genug haben. Selbst die reichsten Menschen der Welt wollen ihr Vermögen kontinuierlich vermehren. Einige von ihnen hinterziehen sogar Steuern, um noch mehr Geld zu besitzen, das sie auf keinen Fall mit anderen teilen wollen. Wenn Geld wirklich glücklich machen würde, würden sie nicht unentwegt danach streben und sie wären mit einer angemessenen Summe zufrieden.«

Nachdenklich isst Marisa ihren Eintopf.

»Darüber habe ich noch nie nachgedacht«, entgegnet sie schüchtern. »Und was ist, wenn ein Mensch nach Liebe und Zuneigung strebt? Macht es denn *nicht* glücklich, nette Menschen um sich zu haben?«

Der buddhistische Mönch lächelt freundlich, während er kaut.

»Liebe und Zuneigung sind auf jeden Fall erstrebenswert. Jedoch muss ich dazu sagen, dass Freundschaften und Beziehungen nicht von Dauer sind, da jedes Lebewesen irgendwann sterben muss. Wenn dein Glück von der Anwesenheit einer geliebten Person abhängt, ist der Verlust überaus schmerzhaft.«

»Ja, ich weiß«, stöhnt Marisa, wobei sich ihre Augen mit Tränen füllen. »Dann können wir Menschen einfach nicht glücklich werden. Glück ist wahrscheinlich nur ein Mythos.«

Voller Mitgefühl sieht der Mönch die weinende junge Frau an. Tröstend legt er seine Hand auf Ihre.

»Nein, Glück ist kein Mythos. Jeder Mensch kann wahre Glückseligkeit finden. Wir müssen es jedoch ernsthaft wollen. Und wir müssen den Weg zur Erlösung kennen.«

»Kennst du den Weg?«, schluchzt Marisa.

»Natürlich! Ich bin ihn vor vielen Jahren gegangen, bevor ich permanente Glückseligkeit erreicht habe. Nun helfe ich anderen Menschen auf den Weg. Währenddessen folge ich selbst einem fortgeschrittenen, spirituellen Pfad. Ich finde, ein Mensch sollte nie damit aufhören, sich weiterzuentwickeln, während er am Leben ist.«

»Du hast permanente Glückseligkeit erreicht?«, staunt Marisa, wobei sie das Weinen völlig vergisst.

»Sicherlich!«

»Kannst du mir den Weg zeigen?«, fleht Marisa hoffnungsvoll.

»Na sicher doch! Ich zeige dir den Weg. Wenn er dir hilfreich ist, kannst du auf diesem Pfad bleiben. Aber wenn er dir *nicht* hilfreich sein sollte, dann wirst du bestimmt eine andere gute Lösung finden. Doch du musst wissen, dass es viel Disziplin erfordert, den Geist zu trainieren.«

»Ich werde alles tun, um Glückseligkeit zu erlangen. *Alles*!«

Lächelnd schiebt der Mönch seinen leeren Teller beiseite.

»Nur nicht übertreiben! Sicherlich möchtest du nicht deine Seele verkaufen. Doch nun muss ich zum Buddhistischen Zentrum. Dort werde ich nämlich schon seit Stunden erwartet.«

»Klar! Ich führe dich dort hin«, versichert sie ihm, während sie sich erhebt und schnell die Teller zusammenräumt.

»Vielen Dank für das Essen. Mitgefühl ist eine der Vorraussetzungen dafür, Glückseligkeit zu erlangen. Und diese Tugend besitzt du glücklicherweise bereits. Nicht jeder Mensch wäre so gütig gewesen wie du.«

Flink leint sie Ronaldo an, ehe sie den Buddhisten freundlich nach draußen begleitet. Dieser scheint wieder an Kraft gewonnen zu haben, denn er läuft relativ zügig die Treppe hinunter.

»Komm' doch einfach morgen Abend zum Buddhistischen Verein. Ich werde etwa eine halbe Stunde Zeit für dich einplanen. Das müsste genügen, da ohnehin niemand zu viel auf einmal lernen kann. Ich werde ungefähr zwei Wochen in dieser Stadt verbringen. Wenn du jeden Tag für kurze Zeit vorbeikommst, kann ich dir sehr viel beibringen.«

»Das ist nett!«, erwidert Marisa. »Doch wie viel kostet mich das ganze?«

»Für dich gar nichts. Wenn du unsere Arbeit zu schätzen weißt, und wenn du Glückseligkeit erreicht hast, dann könntest du etwas Geld spenden. Ein kleiner Betrag reicht aus, denn wir sind für alles dankbar. Im hiesigen Buddhistischen Zentrum unterrichten zwar Lehrer einer anderen Schule. Doch ich bin sicher, dass auch sie dir sehr behilflich sein werden, wenn ich fort bin.«

»In Ordnung! Was meinst du mit Schule?«

»So wie es im Christentum unterschiedliche Konfessionen gibt, gibt es im Buddhismus unterschiedliche Schulen.«

Während beide mit Ronaldo an der Straßenbahnhaltestelle warten, erklärt Lama Njima, wofür die verschiedenen Schulen stehen und worin das Ziel ihrer Lehre besteht. Sobald die Bahn ankommt, steigen sie zusammen ein, wobei Marisa Fahrkarten beim Fahrer kauft. Im Verlauf der Fahrt gibt Marisa ihrem spirituellen Lehrer eine kurze Stadtführung, indem sie über historische Gebäude und über die Kultur der Stadt erzählt. Nach längerer Fahrt steigen sie aus der ratternden Straßenbahn. Wie versprochen führt Marisa den Mönch geradewegs zum Buddhistischen Verein. Innerhalb kurzer Zeit befinden sie sich auch schon vor dem Gebäude.

»Vielen Dank für deine Güte!«

»Gern geschehen. Wir sehen uns morgen!«

»Ja, bis morgen!«, entgegnet der Mönch mit einer leichten Verbeugung und aneinander gelegten Händen, bevor er hinter der schweren Eingangstür verschwindet.

Mit einem Gefühl unendlicher Hoffnung und tiefster Freude fährt Marisa mit Ronaldo zur Altstadt zurück, wo sie mit dem kleinen Kerlchen bei Sonnenuntergang am Strand spazieren geht.

Die erste Lektion

Am nächsten Tag kann es Marisa kaum erwarten, Feierabend zu machen, da sie sich so sehr auf ihre erste Sitzung mit dem buddhistischen Lehrer freut. Doch je schneller die Zeit vergehen soll, desto eher kommt ihr eine Sekunde wie eine Ewigkeit vor. Jedes Mal, wenn sie erwartungsvoll auf ihre Armbanduhr schaut, muss sie mit großer Enttäuschung feststellen, dass seit dem letzten Blick auf die Zeiger gerade mal zehn Minuten vergangen sind.

Nach einem ‚unwahrscheinlich langen' Arbeitstag flitzt Marisa nach Hause, um flink mit Ronaldo spazieren zu gehen. Unterwegs isst sie noch eine Kleinigkeit, ehe sie das Hundchen wieder heimbringt und zum Buddhistischen Verein eilt.

Dort stürmt sie erwartungsvoll durch die Haupteingangstür des Gebäudes. Ein Messingschild im Treppenhaus besagt, dass sich der Verein im zweiten Stock befindet. Mit rasendem Puls geht Marisa nun die Treppe hinauf. Sie ist ziemlich nervös, da sie nicht weiß, was sie dort erwartet. Schließlich steht sie vor der entsprechenden Eingangstür, auf der ein Schild mit der Aufschrift *bitte drücken'* angebracht ist. Als Marisa ängstlich die Tür öffnet, bemerkt sie sofort den Duft von Räucherstäbchen. Der Gang, den sie betritt, wird von einer getönten Deckenleuchte erhellt, die ein dumpfes, warmes Licht ausstrahlt. Sie geht den schmalen Gang entlang, bis sie zu einem Tresen kommt. Doch leider ist dort niemand aufzufinden, den sie ansprechen könnte. In dieser unvertrauten Umgebung fühlt sie sich derart unbehaglich, dass sie am liebsten wieder hinausrennen würde. Ängstlich sieht sie sich um: In der Diele befinden sich ausschließlich *geschlossene* Türen. Langsam schleicht sich Marisa wieder in Richtung Ausgang, als sich plötzlich hinter ihr eine Tür öffnet und ein etwas grelleres Licht den Gang aufhellt. Ruckartig dreht sie sich um und sieht, wie ein buddhistischer Mönch im orange farbigen Gewand auf sie zukommt.

»Guten Tag! Kann ich Ihnen behilflich sein?«

»Äh…ja!«, stammelt Marisa. »Äh…ich…äh… ich…habe gestern einen buddhistischen Mönch hergeführt, der sich verlaufen hatte. Äh…er hieß…äh…Lama Nima oder so was… Ich glaube er erwartet mich.«

Noch nie kam sich Marisa dümmer vor als in diesem gegenwärtigen Augenblick. Am liebsten würde sie sich jetzt in Luft auflösen oder für immer im Erdboden versinken.

»Ach ja! Lama Buton Njima! Und Sie sind bestimmt Marisa, nicht wahr? Einen Moment bitte! Ich sage ihm, dass Sie hier sind.«

Der relativ junge Mönch verschwindet in einem der Räume und kommt nach wenigen Minuten wieder zum Vorschein, wobei er sachte die Tür hinter sich zuzieht.

»Ich bitte um ein wenig Geduld. Lama Njima empfängt Sie gleich. Möchten Sie sich setzen?«

»Äh…«

»Bitte folgen Sie mir!«

Der Mönch führt Marisa am Tresen vorbei, bis hinter dem Empfang eine Sitzecke zum Vorschein kommt.

»Möchten Sie etwas Tee?«

»Nein. Vielen Dank.«

Angespannt setzt sich Marisa in einen Sessel und starrt einen orientalischen Wandbehang an, dessen Patchwork Muster ihr Interesse weckt. Währenddessen stellt sich der Mönch an den Tresen, um etwas in ein Notizbuch zu schreiben. Nach wenigen Minuten hört Marisa, wie eine Tür geöffnet wird und bemerkt, dass sich der junge Mönch ihr zuwendet.

»Lama Njima kann Sie jetzt empfangen, junge Frau!«

Langsam erhebt sich Marisa, worauf sie schüchtern am Tresen vorbeigeht. Am Empfang steht ein sehr alter buddhistischer Mönch, der ihr freundlich zulächelt. Hinter der geöffneten Tür wartet – zu ihrer Erleichterung – der buddhistische Lehrer, dem sie am Abend zuvor geholfen hat.

»Komm' ruhig herein!«, sagt Lama Njima lächelnd.

Ängstlich geht Marisa durch die Tür und schaut sich um. Rechts von ihr steht ein aus Holz geschnitzter Tempel, worin sich eine Buddha-Figur befindet. Davor qualmt ein Räucherstäbchen auf einer dafür angefertigten Vorrichtung. Wände und Decke sind mit gelbem Stoff bekleidet, während große Fenster den ungewöhnlich dekorierten Raum erhellen. In einer gemütlichen Ecke des Raumes liegen sichelförmige Sitzkissen, zu denen der Buddhist nun mit seiner Hand deutet.

»Bitte setze dich!«

Verlegen läuft Marisa zu den Kissen und bleibt stehen. Als Lama Njima wiederum auf eines der Sitzkissen zeigt, setzt sich Marisa im Schneidersitz auf das kleine Polster. Auch der Lehrer setzt sich und mit geschlossenen Augen atmet er mehrmals tief ein und aus, bevor er etwas murmelt, das Marisa nicht entziffern kann. Es scheint sich um ein buddhistisches Gebet zu handeln, das Lama Njima gerade rezitiert. Als er seine Augen wieder öffnet, lächelt er.

»Nun…gestern habe ich bemerkt, dass dir der Verlust geliebter Menschen zu schaffen macht. Stimmt das?«

Traurig senkt Marisa ihren Blick und schweigt für einige Sekunden.

»Ja! Als ich acht Jahre alt war, kamen meine Eltern, Geschwister und Großeltern bei einem Großbrand ums Leben. Seitdem habe ich keine Familie mehr. Ich musste mit fremden Kindern im Waisenhaus aufwachsen. Zurzeit habe ich noch nicht mal Freunde. Meine alten Freundschaften gingen in die Brüche, da unsere Interessen auf einmal zu unterschiedlich waren.«

»Und was hattet ihr *vorher* gemeinsam?«

»Nun, wir waren Kinder. Wir spielten oft zusammen, lästerten über Lehrer, gingen zusammen in Kaufhäuser und später – ich weiß nicht – da haben wir uns immer missverstanden. Oft stritten wir über Kleinigkeiten, wobei ich das Gefühl hatte, dass meine Freunde mich *absichtlich* verletzen wollten. Sie trafen nämlich immer genau meine wunden Punkte. Irgendwann hatte ich keine Lust mehr auf eine Freundschaft, in der ich absichtlich schikaniert werde.«

»Nun, so wie du haben auch andere Menschen eine große Last zu tragen. Ihr übertriebener Ehrgeiz veranlasst sie dazu, negativ zu reagieren und andere zu verletzen. Doch auf dieses Thema gehe ich ein anderes Mal ein. Heute möchte ich dir erklären, dass Freundschaften leider allzu oft auf falschen Voraussetzungen basieren. Jeder Mensch braucht Liebe und Zuneigung. Doch einige Menschen benutzen Freunde für ihre eigenen Zwecke, damit sie genau das erreichen, was sie wollen. Reiche Leute haben meist viele Freunde, weil sich traurigerweise eigennützige Menschen wie Geier um sie tummeln. Kurz gesagt: Manche Leute wollen andere nur ausnutzen. Das ist wirklich schade! Und weil du deine Eltern so früh verloren hast, weißt du, dass ein Mensch einen größeren Wert hat und deshalb nicht wie ein Sklave ausgenutzt werden sollte. Und dann gibt es noch eine andere Art von Freundschaft, die auf Anhaften beruht. Ein Kind haftet von Natur aus an den Eltern, da es sonst nicht überleben kann. Doch einige Leute haften selbst als Erwachsene zu stark an ihren Mitmenschen. Ohne diese wären sie kaum imstande zu leben. Sie brauchen immer jemanden, an den sie sich klammern können. Wenn dann aber die Person stirbt, an die sie sich geklammert haben, erleiden sie einen schweren, schmerzhaften Verlust, der unerträglich ist. Es gibt jedoch einen Weg, wie wir zu anderen Menschen eine tiefgründige Verbindung aufbauen können; von der wir aber jederzeit loslassen können, wenn die Umstände es erfordern. Denn nur weil Menschen sterben und Freundschaften in die Brüche gehen, sollten wir uns nicht vollkommen von Menschen abschotten oder diese gar als Monster betrachten. Wie eine wahrhaftige Freundschaft aussieht, zeige ich dir jedoch ein anderes Mal. Deine Hausaufgabe für heute besteht darin, zu akzeptieren, dass nichts Weltliches ewig anhält. Alle guten und schlechten Dinge finden irgendwann ein Ende. Wer ernsthaft akzeptiert, dass alles vergänglich ist, der haftet erst gar nicht an zeitlichen Dingen. Denkst du, dass es dir möglich ist, Vergänglichkeit zu akzeptieren?«

»Äh… ich weiß es nicht!«

»Na ja, wie dem auch sei – es ist nun deine Hausaufgabe! Versuche alles zu akzeptieren, was passiert. Außerdem ist es weise, Verlust als etwas Selbstverständliches anzusehen. Egal was du siehst oder was auch passiert; bevor du irgendetwas bewertest, sage dir einfach *auch das geht vorbei*. Denn erst wenn du Vergänglichkeit akzeptieren kannst, wirst du inneren Frieden finden. Der Weg zur Erlösung ist nicht einfach, da dich das Leben kontinuierlich prüfen und herausfordern wird. Denkst du, du bist hierfür bereit?«

»Äh…ich glaube schon.«

»Gut, dann sehen wir uns morgen!«

Der Mönch verbeugt sich leicht und legt zum Abschiedsgruß die Hände wie zum Gebet aneinander. Zögernd erwidert Marisa die ungewohnte Geste. Danach erhebt sich Lama Njima lächelnd und begleitet Marisa freundlich zum Ausgang.

Zerbrochene Vergangenheit

Deprimiert sitzt Marisa auf ihrer Couch, während ihre mit Tränen überfluteten Augen zur Spieldose blicken. Wie soll Marisa jemals ihren Verlust akzeptieren? Es ist schmerzlich, weder Familie noch Freunde zu haben. Zwar ist sich Marisa dessen bewusst, dass nichts ewig anhalten kann und somit alles ein Ende hat – dennoch will sie Veränderungen nicht akzeptieren. Ihre erste Lektion hätte sie sich nie so schwer vorgestellt. Wie gern hätte sie jetzt Mutter, Vater und Geschwister zurück. Traurig legt sich Marisa hin und weint sich in den Schlaf.

Einige Zeit später wird sie schlagartig von einem lauten Knall geweckt. Verwundert schaut sie sich um, bis sie vor Entsetzen erstarrt. Ihr kleiner Abstelltisch liegt zu Boden, als hätte ihn jemand umgestoßen und ihr altmodisches Telefon liegt mit abgehängtem Hörer daneben. Die antike Spieldose befindet sich ebenfalls auf dem Boden. Das Schockierende dabei ist, dass diese vollkommen zertrümmert ist, als wäre sie von einem Elefanten platt getreten worden. Gestresst versucht sie Ronaldo ausfindig zumachen. Dieser liegt auf seinem Hundekissen neben der Couch und blickt die Dose mit zurückgezogenen Ohren an. Dem Anschein nach wurde auch er von dem lauten Knall geweckt. Langsam steht der Jack-Russel-Terrier auf, ehe er sich vorsichtig (mit eingezogenem Schwänzchen) dem umgeworfenen Tisch nähert, um die seltsam zugerichtete Spieldose zu beschnuppern. Schließlich eilt der kleine Kerl mit angelegten Ohren und eingezogenem Schwänzchen zu seinem Hundeplatz zurück und mustert die Gegenstände aus sicherer Distanz. Fassungslos geht Marisa zur Spieldose, hebt diese auf und trägt die Trümmer zur Couch. Mit zitternden Händen will sie die einzelnen Teile zusammenfügen, um sie später mit Holzleim aneinander zu kleben. Doch für eine Reparatur ist die Spieldose ist zu stark beschädigt, da sie fast nur noch aus kleinen Splittern besteht. Selbst die anmutige Porzellanfigur wurde in viele kleine Scherben zertrümmert. Wie konnte so etwas passieren? Schließlich hält sie keinen Elefanten als Haustier. Scheinbar ist auch nichts auf die Dose gefallen, was sie hätte derart zerstören können. *Nichts* auf dieser Welt hätte das Holz in solchem Maße zersplittern können. Wieder füllen sich Marisas verweinte Augen mit Tränen. Das einzige, das ihr von ihrer Familie geblieben ist, ist nun vollkommen zerstört. Und das schlimmste daran: Sie hat keine Ahnung, was es zertrümmert haben könnte. Es scheint, als hätte sich die gesamte Welt gegen sie verschworen. Dieser qualvolle Gedanke lässt sie nun weinen wie ein kleines Kind.

Wie durch ein Wunder überkommt sie mit einem Mal ein beruhigendes Gefühl. Obwohl sie mit dem Weinen fortfahren möchte, gelingt es ihr nicht. Plötzlich kommen ihr die Worte *,auch das geht vorbei'* in den Sinn, als wären sie ihr von jemandem zugeflüstert worden. Seltsamerweise kommt es ihr auch so vor, als wäre sie nicht allein. Dem Gefühl nach, scheint jemand neben ihr zu sitzen, der sie tröstet. Ja, es fühlt sich fast schon an, als wäre ihre Mutter bei ihr.

Marisa blickt auf ihren Schoß, wo nun die zersplitterten Teile der Spieldose liegen. Mit ungewöhnlich ruhigen Händen sammelt sie Splitter, Scherben und die in tausend Einzelteilchen zerlegte Mechanik auf. Danach erhebt sie sich, überquert den Raum und wirft alles in den Mülleimer, ohne auch nur den geringsten Schmerz zu empfinden. Mit leerem Kopf geht sie zur Couch zurück, wo sie sich zwischen unzählige Kissen kuschelt. Die weisen Worte des buddhistischen Lehrers kommen ihr wie ein Geistesblitz: *Alle guten und schlechten Dinge finden irgendwann ein Ende. Wer ernsthaft akzeptiert, dass alles vergänglich ist, der haftet erst gar nicht an zeitlichen Dingen. Egal was du siehst oder was auch passiert; bevor du irgendetwas bewertest, sage dir einfach ‚auch das geht vorbei'. Denn erst wenn du Vergänglichkeit akzeptieren kannst, wirst du inneren Frieden finden. Der Weg zur Erlösung ist nicht einfach, da dich das Leben kontinuierlich prüfen und herausfordern wird.* Diese Worte – gegen die sie sich anfangs gewehrt hat – haben nun eine außergewöhnlich beruhigende Wirkung. Denn wenn alles vergänglich ist, hat auch ihre Trauer irgendwann ein Ende. Außerdem kann keine Spieldose der Welt ihre Familie ersetzen. Marisa ist nun absolut überzeugt davon, dass sie ihren Verwandten nicht mehr nachtrauern sollte. Stattdessen sollte sie lieber mehr Zeit mit Ronaldo verbringen. Und Tätigkeiten, die sie liebt, könnte sie als Hobby betreiben. Vielleicht lernt sie auf diese Weise sogar Menschen kennen, mit denen sie eine gute Freundschaft aufbauen könnte. Doch was ist eine wahrhaftige Freundschaft? Lama Njima wollte ihr an einem anderen Tag erklären, worauf es wirklich ankommt. Egal! Hauptsache sie trauert nicht mehr Gegenständen nach, die sie sowieso nicht wiederherstellen kann und weint nicht mehr um Menschen, die sie ohnehin nicht wiederbeleben kann. Müde vom vielen Weinen schläft sie kurzerhand auf der Couch ein.

Die Gegenwart

Mit gemischten Gefühlen geht Marisa am nächsten Abend zum Buddhistischen Verein. Dieses Mal trifft sie den jungen asiatischen Mönch am Tresen an, der sie bei ihrer Ankunft freundlich grüßt. Wie am Tag zuvor lädt er sie höflich ein, auf den Sitzmöbeln Platz zu nehmen. Schließlich verschwindet der junge Buddhist in einem der Räume, sicherlich um Lama Njima über ihre Ankunft zu informieren. Wenige Sekunden später kommt der junge Mann zurück und berichtet ihr, dass Lama Njima sie erst in einer viertel Stunde in Empfang nehmen kann. Aufgrund der langen Wartezeit bietet er Marisa einen Tee an, den sie dankend annimmt. Nachdem der buddhistische Mönch ihr etwas dampfend Heißes aus einer Thermoskanne eingegossen hat, bringt er ihr lächelnd die Tasse, und geht zum Tresen zurück. Anhand des frischen, würzigen Duftes weiß Marisa, dass er ihr grünen Tee eingeschenkt hat.

Nach einiger Zeit kommt der junge Mönch wieder auf sie zu.

»Lama Buton Njima ist nun bereit Sie zu empfangen.«

Als Marisa am Tresen vorbeigeht, beobachtet sie, wie eine Frau mittleren Alters aus einem der Räume kommt und sich beim jungen Mönch verabschiedet. Schließlich erscheint Lama Njima hinter der offenen Tür und erwartet Marisa mit einem ehrlichen Lächeln. Schüchtern grüßt sie ihn, worauf sie zaghaft die helle Stube betritt. Obwohl es ein anderer Raum ist als das letzte Mal, ist dieser ähnlich eingerichtet. Decke und Wände sind mit orange farbigen Stoffen bedeckt, während eine relativ große Buddha Statue für ein besonders Ambiente sorgt. Neben der großen Skulptur qualmen Räucherstäbchen und in einer gemütlichen Ecke befinden sich abermals Sitzkissen, zu denen Lama Njima gerade mit einer Handbewegung deutet. Als sich beide gesetzt haben, atmet der Mönch wieder tief durch, bevor er ein kurzes tibetisches Gebet spricht.

»Nun, Marisa. Wie erging es dir mit deiner ersten Aufgabe?«

»Äh…anfangs habe ich mich dagegen gewehrt. Ich wollte den Verlust meiner Familie nicht akzeptieren. Doch dann ist etwas Seltsames passiert, das mich völlig aus der Fassung brachte. Gewissermaßen war ich dann *gezwungen*, alles zu akzeptieren, um mich von meinen seelischen Schmerzen zu befreien.«

»Das klingt ganz gut«, bemerkt Lama Njima voller Freude.

»Es war aber sehr schlimm! Diesen Montag habe ich in einem Antiquariat eine alte Spieldose gefunden, die ich für zwei Euro gekauft habe. Diese Dose gehörte mit großer Wahrscheinlichkeit meiner Mutter. Ich kann mich noch genau erinnern, wie ich als Kind damit spielte und sie versehentlich fallen lies. Daraufhin war eine kleine Delle im Holz zu sehen. An der Spieldose, die ich im Antiquariat fand, entdeckte ich den gleichen Makel an harrgenau derselben Stelle. Und gestern war sie mit einmal total zerstört, als wäre sie von einem Elefanten platt getrampelt worden. Die schöne Dose war nur drei Tage in meinem Besitz, bevor ich sie dem Mülleimer opfern musste. Das war einfach nicht fair! Die Spieldose war das einzige, das mir von meiner schönen Vergangenheit geblieben war und jetzt habe ich auch dies verloren. Das war für mich so schmerzhaft, dass ich es nicht mehr ertragen konnte.«

»Anscheinend hast du dich gestern dafür entschieden, deinem Schmerz ein Ende zu setzen. Jeden Tag kannst du zwischen zwei Dingen wählen: Entweder den Schmerz oder den inneren Frieden. Entweder hältst du an der Vergangenheit fest, die du nicht zurückholen kannst – oder du lässt los und beendest deine Trauer. Wofür entscheidest du dich heute?«

Traurig senkt Marisa ihren Blick und denkt einen Moment nach, bevor sie antwortet.

»Äh…ich weiß es nicht. Ich fühle mich wirklich einsam!«

»Das kommt daher, dass du dich mit deinem Schmerz identifizierst. Wenn du aber pure Glückseligkeit empfinden könntest… und wenn du dich sogar mit allen Menschen verbunden fühlen könntest, würdest du dich dann immer noch einsam fühlen?«, fragt Lama Njima freundlich.

»Äh…ich glaube nicht.«

»Was wäre demnach logischer: Glückseligkeit anzustreben oder der Vergangenheit nachzutrauern?«

»Natürlich Glückseligkeit anzustreben!«

»Du hast erzählt, dass du gestern Abend gezwungen warst, den Verlust deiner Spieldose zu akzeptieren. Als du es tatest, wie hast du dich dabei gefühlt?«

»Eigenartig! In mir war mit einmal so eine Leere. Es war, als wäre mir alles gleichgültig – als hätte ich kein Herz mehr. Ich kam mir ziemlich verwirrt vor. Außerdem hatte ich das Gefühl, dass etwas bei mir war, das mich getröstet hat. Alles war so seltsam!«

»Deinen natürlichen, ungetrübten Zustand empfindest du anfangs als eine Art Leere, weil du daran gewohnt bist, dich an Sinneseindrücke und Gedanken zu klammern. Da diese Erfahrung neu für dich ist, kam dir vermutlich einiges anders vor. Ein mitfühlendes Herz hast du noch immer – keine Angst! Nun möchte ich dir verraten, was deine nächste Hausaufgabe sein wird. Diese Aufgabe ist sehr schwierig, weil sie ungewohnt ist. Um inneren Frieden zu finden, ist es wichtig, dass du dich stets in der Gegenwart befindest. Denn leben können wir einzig und allein im jetzigen Augenblick. Sobald dieser Moment vorbei ist, ist er nur noch bloße Erinnerung. Auch die Zukunft ist ein Hirngespinst. Gewöhnlich tendieren wir dazu, uns die Zukunft mental auszumalen. Doch nichts wird so eintreten, wie wir es uns vorstellen. Erinnerungen und Zukunftspläne sind lediglich ein Produkt unseres Denkens. Aber richtig leben können wir nur im Hier und Jetzt. Außerdem sollten wir uns lieber *nicht* mit unserer Vergangenheit oder unserer imaginären Zukunft identifizieren. Wenn du dich mit all deinen Schicksalsschlägen gleichsetzt, wird es schwer sein, von alten Verhaltensmustern und Denkweisen loszulassen, die dir Kummer bereiten. Weiterentwickeln kannst du dich eher, wenn du dich vom Vergangenen löst. Und wenn du dich mit der Zukunft identifizierst, identifizierst du dich mit einem fiktiven Ich. In anderen Worten: Du möchtest ein Mensch sein, der du in Wirklichkeit nicht bist. Das Identifizieren verschleiert deinen Geist und distanziert dich von deiner wahren, gütigen Natur. Ich bringe dir nun eine Meditation bei, die dir helfen wird, deinen Kopf von lästigen Gedanken zu befreien. Du musst wissen, dass wir generell dazu neigen, uns mit Sinneseindrücken zu beschäftigen. Und wie ich bereits erwähnt habe, denken wir kontinuierlich an Vergangenheit und Zukunft. Mit Hilfe dieser Meditation, kannst du den unentwegten Gedankenstrom unterbrechen. Wenn dein Geist nicht mehr von unsinnigen Gedanken getrübt wird, empfindest du zunächst eine Art Leere. Doch wenn sich dein Geist daran gewöhnt, nicht immerzu von Gedanken überflutet zu werden, wirst du diese Leere als eine Art Licht wahrnehmen. In dem Moment siehst du dann die *wahre* Natur deines Geistes. Dies ist dein natürlicher Zustand – oder anders ausgedrückt: Dies ist dein wahres Wesen. Zum Anfang der Meditation atmest du einfach dreimal tief ein und aus und konzentrierst dich auf deinen Körper, beziehungsweise auf deine Atmung. Danach versuchst du mit viel Konzentration und Wachsamkeit selbst die kürzesten Gedanken ausfindig zu machen. Dann versuchst du sie anzuhalten und aufzulösen. Du musst jedoch die ganze Zeit über wachsam sein, damit du nicht durch Trägheit von Gedanken überfallen wirst, ohne es zu merken. Hast du noch Fragen?«

»Äh…nein. Ich konzentriere mich erst mal auf meine Atmung und dann versuche ich sämtliche Gedanken anzuhalten und aufzulösen, bis ich eine Art Leere wahrnehme. Und ich muss ständig aufpassen, dass die Gedanken nicht zurückkehren.«

»Genau!«, lächelt Lama Njima zufrieden. »Da die Meditation sehr schwierig ist, machen wir sie jetzt gemeinsam. Lass' uns beginnen!«

Der Buddhist schließt seine Augen und atmet tief ein. Marisa folgt seinen Anweisungen, indem sie sich zunächst auf ihre Atmung konzentriert. Daraufhin versucht sie sich von ihren Gedanken zu befreien. Hin und wieder merkt sie, dass sie eine dunkle Leere wahrnimmt. Nach etwa einer viertel Stunde beendet Lama Njima die Meditation mit einem tibetischen Gebet, wodurch Marisa ruckartig ihre Augen öffnet. Schließlich öffnet auch der spirituelle Lehrer seine Augen und lächelt Marisa zuversichtlich zu.

»Nun, wie findest du diese Meditation?«

»Einerseits…war es anstrengend. Andererseits war es überaus erholsam, da mich keine Gedanken mehr belastet haben.«

»Mit ein wenig Übung wirst du den Punkt erreichen, an dem du deinen Gedanken nicht mehr hilflos ausgeliefert bist. Du wirst sie besser kontrollieren und abschalten können, wenn du es wünschst. Je besser du die Gedanken anhalten kannst, desto eher lebst du in der Gegenwart und kannst somit die Umgebung mit ungetrübten Sinnen wahrnehmen. Noch eines möchte ich zur Meditation erwähnen: Da dein Geist auf nichts Bestimmtes gerichtet ist, ist es möglich, dass du dabei hin und wieder einschläfst. Gerade am Anfang kann dies häufig vorkommen. Lass' dich davon aber nicht abhalten. So! Lass' uns für heute Schluss machen. Kannst du morgen Abend nochmals vorbei kommen?«

»Ja, morgen Abend habe ich Zeit!«

»Das freut mich! Wir sehen uns dann morgen!«

Das Licht

Am nächsten Morgen wacht Marisa auf, bevor der Wecker klingelt. Die ersten Sonnenstrahlen des Tages glimmen durch ihr Fenster. Erquickt von der Helligkeit steht die junge Frau auf und huscht ins Badezimmer, um sich zu waschen. Kurz darauf geht sie mit Ronaldo spazieren, der es kaum erwarten kann, durch die Gegend zu flitzen.

Die aufgehende Sonne funkelt golden am Himmel. Blumen, Bäume und Häuser glänzen unter dem magischen Licht. In der Ferne hört Marisa das lebendige Meer rauschen, während Möwen kreischend über sie hinweg fliegen. Der Weg zum Strand gleicht einer Allee, die von zahlreichen Bäumen umgeben ist. Mit Wonne geht sie an blühenden Gewächsen vorbei, die einen beflügelnden Duft von Flieder und Magnolien verbreiten. Dieser Frühling hat den Bewohnern dieses sonst ziemlich dürren Ortes eine vielseitige Vegetation beschert. Marisa ist von wunderschönen Blumen umzingelt, die in diversen Farben leuchten; sei es gelb, orange, blau, violett, rot oder rosa. Schließlich sieht sie das Sonnenlicht auf dem rastlosen Meer glitzern. Der Sand des Strandes reflektiert den leuchtenden Sonnenschein wie Seide. Marisa fühlt sich so leicht und wohl, als würde sie wie eine Wolke durch die Luft schweben. Sie holt tief Luft, um den salzigen, frischen Hauch des Meeres einzuatmen. Belebt von der sanften Brise, schließt sie ihre Augen, wobei sie aufmerksam dem Rauschen des brausenden Ozeans lauscht. Mit jeder Brandung scheinen die Wellen Marisas Sorgen fortzureißen, um sie dann ins weite Meer hinauszutragen, wo sie für immer untergehen mögen. Der sanfte Wind berührt Marisas Körper, wodurch sie Gänsehaut bekommt. Sie fröstelt nicht vor Kälte, sondern aufgrund eines außergewöhnlichen Gefühls der Leben-

digkeit und gleichermaßen der Behaglichkeit. Überwältigt von einzigartigen Empfindungen, beobachtet
Marisa, wie Ronaldo eifrig im Sand buddelt.

Als sie schließlich Hunger bekommt, geht sie
mit ihrem Jack-Russel-Terrier nach Hause. Dort be-
reitet sie sich schnell Rühreier mit Bananen zu, die sie
daraufhin in aller Ruhe isst. Als sie mit dem Frühstück
fertig ist, wirft sie einen Blick auf ihre schlichte Wanduhr und stellt fest, dass sie noch zwanzig Minuten Zeit
hat, bevor sie zur Arbeit muss.

Sie beschließt, die Meditation zu wiederholen,
die sie die Nacht zuvor ausprobiert hat. Dabei ist sie
nämlich viel zu schnell eingeschlafen. Nachdem es
sich Marisa auf der Couch bequem gemacht hat, atmet
sie drei Mal tief ein und aus, wobei sie sich vollkommen auf die Atmung konzentriert. Wie ein wachsamer Luchs beobachtet sie nun ihre Gedanken, die
sie immer wieder zum Stillstand bringt. Nach großen
Bemühungen empfindet sie ihren Geist wie einen
dunklen, leeren Raum. Dabei bleibt sie extrem aufmerksam, damit sich nicht wieder Gedanken in ihren
Kopf schmuggeln. Nachdem sie nun mehrere Minuten
ins Leere geblickt hat, sieht sie zu ihrer Überraschung
ein Licht aus der Tiefe ihres Körpers in den dunklen
geistigen Raum steigen. Ein Gefühl reinster Glückseligkeit überkommt sie zur gleichen Zeit. So eine
überwältigende Empfindung der Liebe und Lebensfreude hat sie nie zuvor erlebt – selbst dann nicht, als
sie Schule und Ausbildung abgeschlossen hatte. Auch
als Kind hat sie nie so ein wahnsinnig tolles und unbeschreibliches Erlebnis gehabt. Innerlich fühlt sie sich
wie eine Blume, die gerade aufblüht; oder wie die
Sonne, die aus der Finsternis der Nacht empor steigt
und mit aller Macht aufleuchtet. Das Licht durchflutet
nun ihren gesamten Körper, sowie sie von dem mäch-
tigen Glücksgefühl durchströmt wird. Als die Lebensfreude ihren Höhepunkt erlangt, öffnet Marisa ihre
Augen. Das also war die wahre Natur ihres Geistes! Zu
komisch: All die Jahre hat sie sich darüber geärgert,

unglücklich zu sein, dabei hatte sie diese unglaublich starke Freude schon die ganze Zeit über in sich. Sie hat es bloß nie bemerkt.

Wieder schaut Marisa auf die Wanduhr. Ihr bleiben noch zwei Minuten, die sie auf der Couch verbringt, um die tollen Gefühle nachwirken zu lassen. Schließlich geht sie gut gelaunt zur Arbeit und fragt sich, was sie wohl diesen Abend von Lama Njima lernen wird.

Während Marisa arbeitet steigt hin und wieder eine Art Liebe und Freude in ihrem Inneren auf – und zwar ohne jeglichen Grund. Wieso sollte sie Liebe empfinden, während sie Konservenbüchsen in die Regale sortiert? Oder vielmehr: Warum sollte sie pure Freude verspüren, wenn sie Wechselgeld herausgibt? Da es keinen Anlass für derartige Empfindungen gibt, geht sie davon aus, dass die Lebensfreude von der Meditation herrührt.

Identifikation

Marisa kann es kaum noch erwarten, zum Buddhistischen Zentrum zu kommen. Da ihr die alten Weisheiten bislang sehr geholfen haben, möchte sie unbedingt mehr lernen, um noch glücklicher zu werden. Sie will die Glückseligkeit, die sie während der Meditation verspürt hat, jederzeit erleben können.

Hastig eilt sie das Treppenhaus hinauf und platzt durch die Tür, die in den spärlich beleuchteten Gang führt. Voller Begeisterung nähert sie sich dem Empfang und grüßt dort den jungen Buddhisten, der auch dieses Mal hinter dem Tresen steht.

»Setzen Sie sich doch bitte für einen Moment. Möchten Sie etwas Tee?«

»Ja, bitte!«, entgegnet Marisa freundlich.

Prompt gießt der junge Mann Tee in eine Tasse, die er ihr flink überreicht, bevor er in einem der Räume verschwindet. Mit einem Lächeln im Gesicht kommt er nach kurzer Zeit wieder zum Vorschein.

»Lama Njima empfängt Sie in etwa fünf Minuten.«

Während Marisa darüber nachdenkt, was sie heute wohl lernen wird, vergeht die Zeit äußerst schnell. Ehe sie sich versieht, wird sie vom jungen Mönch aus ihrer Gedankenwelt gerissen.

»Lama Njima ist nun bereit Sie zu empfangen.«

Da sie das Gespräch kaum erwarten kann, eilt sie zu dem spirituellen Lehrer, der sie bereits in einer der Räumlichkeiten erwartet. Nach einer freundlichen Begrüßung betritt Marisa den Raum. Es ist der gleiche wie gestern. Die orange farbigen Stoffe an den Wänden strahlen Ruhe und Wärme aus, während ihr der Duft von Sandelholz-Räucherstäbchen durch die Nase geht. Nachdem sich beide gesetzt haben und der buddhistische Lehrer ein kurzes Gebet gesprochen hat, lächelt er sie wie gewohnt an.

»Wie erging es dir mit der Meditation?«

»Gestern Nacht bin ich dadurch viel zu schnell eingeschlafen. Doch heute Morgen habe ich es geschafft, die wahre Natur meines Geistes zu sehen. Es war wundervoll! Das Licht wurde immer heller und ich habe eine unbeschreibliche Glückseligkeit verspürt. Während der Arbeit empfand ich seltsamerweise auch manchmal Liebe und Freude. Und ich glaube es kommt von der Meditation.«

»Ja, das ist wahr! Da deine wahre Natur jetzt nicht mehr so verschleiert ist wie zuvor, kann sie ab und zu an die Oberfläche treten. Es freut mich, dass du es geschafft hast, die wahre Natur deines Geistes zu erkennen! Jetzt, wo du dein wahres Wesen gesehen hast, wirst du nicht mehr so ein starkes Bedürfnis haben, dich mit Dingen zu identifizieren, die nichts mit dir zu tun haben. Du wirst dich hoffentlich nicht mehr als armes, verwaistes und einsames Mädchen betrachten.«

»Ich…äh…«

»Das war einmal! Wenn du dich mit deiner Vergangenheit identifizierst, bringst du alles Vergangene in die Gegenwart, wodurch du zunächst ein armes, verwaistes und einsames Mädchen bleibst. Doch wenn du dich *nicht* mehr damit identifizierst, kannst du innerlich wachsen und dein Leben verbessern. Im Allgemeinen identifizieren sich Menschen nicht nur mit ihrer Vergangenheit; sie stellen sich auch mit ihrem Vermögen gleich. Zusätzlich identifizieren sie sich allzu oft mit ihren Krankheiten, mit ihrer Schönheit oder mit ihrer Intelligenz, um ihrer Existenz eine Bedeutung zu geben und um Aufmerksamkeit zu erlangen. Jedoch sind diese Identitäten eigene Kreationen. Sich selbst zu finden, ist gerade Jugendlichen äußerst wichtig. Doch meistens finden sie sich nicht selbst, sondern ahmen eines ihrer Idole nach. Schritt für Schritt definieren sie sich über Eigenschaften, die ihnen wichtig sind – zum Beispiel über ihr Aussehen oder über ihre Beliebtheit. Wenn ein junger Mann einen teuren, schnellen Sportwagen fährt, erhofft er sich, die Bewunderung mehrerer Frauen zu ergattern. Dies ist sogar sehr effektiv, da viele Frauen nach finanzieller Sicherheit streben und deshalb gern mit reichen Männern befreundet sind. Dennoch ist Geld eine durchaus unbeständige Angelegenheit. Der junge Mann mag zwar viel verdienen, doch gleichermaßen kann er jederzeit arbeitslos werden. Oder er kann sein Vermögen bei einem Glücksspiel verlieren. Es ist ziemlich fatal, eine imaginäre Sicherheit auf vergänglichen Gegenständen aufzubauen. Ebenso wenig ist es hilfreich, das Ego mit materiellen Dingen aufzuwerten. Im Grunde sollten wir es überhaupt nicht aufwerten. Du, zum Beispiel, hast nicht sehr viel Geld. Deswegen kannst du dich nicht mit Reichtum in den Vordergrund drängen. Du beschönigst dich auch nicht mit deinem Aussehen, mit deinen Fähigkeiten oder mit deiner Intelligenz. Dennoch hast du dich mit Einsamkeit und Trauer identifiziert. Diese Identität basiert lediglich auf einer Illusion und hat *nichts* mit *dir* oder mit der Realität zu tun. Die Definition, die du dir selbst gegeben hast, führt dazu, dass du einsam bist. Du strahlst so viel Trauer aus, dass Menschen eventuell deine Gesellschaft meiden. Da auch sie an ihrem eigenen Ballast schwer zu tragen haben, wollen sie nicht in deinen Kummer hineingezogen werden. Doch wenn du deine falsche Identität aufgibst und du von deiner alten Denkweise loslässt, verändert sich dein Leben. Und dann bist du nicht mehr einsam. Doch das weiß dein kreiertes Ich nicht. Es glaubt, sein Sinn und Zweck bestände darin, deine Existenz auf dieser Welt zu sichern und andere Menschen wissen zu lassen, dass du lebst. Doch alle kreierten Identitäten beruhen auf Illusionen und Wunschvorstellungen. Das Ego ist verantwortlich dafür, dass Menschen unentwegt nach mehr Geld, Ruhm und Erfolg streben. Viele denken, sie seinen nichts wert, wenn sie keine Bedeutung in diesem Leben haben. Das verminderte Selbstwertgefühl kommt vielmehr daher, dass das kreierte Ich das wahre Wesen verschleiert. Dadurch können die betroffenen gar nicht erkennen, wie besonders sie im Grunde schon sind. Die wahre Natur jedes Menschen besteht aus purer Glückseligkeit, Lebensfreude und Liebe. Die einzig wahre Erfüllung finden wir in unserem wahren Ich. Die Freude, die du heute Morgen während der Meditation empfunden hast, kann dir nicht einmal das gesamte Geld der Welt verleihen. Mit Geld bekommst du auch nicht die Liebe und Zuneigung, nach der du dich sehnst. Klingt das für dich erst mal plausibel?«

Marisa lässt ihren Blick zur Buddha Skulptur wandern, während sie nachdenkt.

»Nun...äh...dass Geld nicht wahrhaft glücklich macht, ist einleuchtend. Doch Geld lindert finanzielle Sorgen. Was meintest du damit, es wäre fatal eine imaginäre Sicherheit auf vergänglichen Gegenständen aufzubauen. Ohne Geld und ohne Dach über dem Kopf verhungere oder erfriere ich doch!«

»Erinnerst du dich an unsere erste Lektion?«

»Äh...ja!«, erwidert Marisa schüchtern.

»Alles hat ein Ende – alles ist vergänglich! Zeitliche Gegenstände wie Geld, die jederzeit verloren gehen können, bieten keine zuverlässige Sicherheit. Dass Geld Sicherheit bietet, ist bloß eine Illusion. Ich weiß, dass in unserer Gesellschaft Geld und Eigentum als Sicherheit angesehen wird. Doch alles, was ein Millionär besitzt, kann mit einem Schlag durch höhere Gewalt zugrunde gehen – zum Beispiel durch einen Börsencrash oder eine Naturkatastrophe. Es ist eben diese höhere Gewalt, die dir Sicherheit bietet oder auch nimmt. So unlogisch wie es auch erscheinen mag; es gibt eine übernatürliche Intelligenz, die das Geschehen auf dieser Welt koordiniert. Dein Schicksal wurde lange im Voraus geplant. Verlierst du dein Vermögen, so lehrt es dir Vergänglichkeit. Verlierst du nichts, so hast du diese Lektion bereits gelernt. Deine

Sicherheit richtet sich so gesehen nach deinem derzeitigen Bewusstseinsstand. Außerdem ist der wahre innere Frieden nicht von äußeren Begebenheiten abhängig. Wer wahrhaftige und permanente Glückseligkeit gefunden hat, den belastet nicht einmal die schlimmste Niederlage. Nicht äußere Umstände sind entscheidend; es kommt vielmehr auf die innere Verfassung an. Wenn wir uns in der Gegenwart befinden – ohne mit Angst in die Zukunft zu blicken – können wir das auskosten und genießen, was wir zum gegenwärtigen Zeitpunkt besitzen. Heute Morgen hast du die wahre Natur deines Geistes erkennen können. Hatte dein wahres Wesen vor irgend etwas Angst?«

»Nein. Ich empfand überhaupt keine Angst.«

»Hast du den Eindruck, ein schreckliches Ereignis könnte deiner wahren Natur schaden?«

»Äh…nein! Ich glaube, dass es von allen schlimmen Dingen verschont bleibt.«

»Warum ist das so? Was denkst du?«

»Äh…keine Ahnung? Weil es aus purer Glückseligkeit besteht und kein Leid kennt?«

»Ja, das kommt der Wahrheit sehr nahe. Außerdem musst du wissen, dass deine wahre Natur zeitlos ist. Das wirst du noch erkennen, je öfter du die Meditation anwendest. Dein wahres Wesen kennt keine Angst vor dem Tod, da es gar nicht sterben kann. Nehmen wir an, dir würde ein Krug voller Wasser aus der Hand fallen. Dieses Gefäß würde beim Aufprall zerschmettern. Von der Beschaffenheit her wäre es dann kein Krug mehr. Doch was ist mit dem Wasser, das auf dem Boden zurückbleibt? Ist es noch Wasser?«

»Ja, es ist noch Wasser. Aber eventuell ist es dann ziemlich schmutzig.«

»So, wie Wasser, Wasser bleibt; so bleibt auch dein wahres Wesen erhalten, wenn dein Körper stirbt. Denn dein Körper ist so vergänglich wie der Wasserkrug. Irgendwann müssen wir alle sterben. Daher ist Existenzangst außerordentlich sinnlos. Das was stirbt, ist ohnehin nur der Körper. Deine Aufgabe für heute ist folgendes: Versuche herauszufinden, womit du dich identifizierst, beziehungsweise worauf du deine Existenz begründest.«

»In Ordnung!«

»Ist es dir möglich morgen vorbeizukommen, da morgen Sonntag ist?«

»Ja, natürlich! Ich habe Zeit!«

»Gut, dann sehen wir uns morgen!«, erwidert der Buddhist lächelnd.

Nachdenklich geht Marisa nach Hause. Heute hat sie vieles gehört, das ihr vollkommen neu ist.

Wer sind wir?

Da Marisa vorherige Nacht ziemlich müde und angeschlagen war, ist sie sehr schnell eingeschlafen. Am nächsten Morgen wird sie von Ronaldo geweckt, der seine Vorderpfoten auf die Matratze stützt und freudig das Gesicht der jungen ‚Schlafmütze' abschleckt. Marisa schubst den kleinen Racker von der Bettkante, ehe sie sich genüsslich reckt und sich langsam den Schlaf aus den Augen reibt. Funkelnde Sonnenstrahlen glimmen durch ihre Bambusrollos. Das Sonnenlicht muntert sie derart auf, dass sie es diesen Sonntagmorgen doch noch mühelos aus dem Bett schafft. Voller Vorfreude tanzt Ronaldo im Kreis, da er weiß, dass sein verschlafenes Frauchen bald mit ihm spazieren gehen wird. Marisa zieht sich ihre Straßenkleidung an, wobei sie vom Schlaf noch vollkommen benommen ist. Als sie die Hundeleine zur Hand nimmt, macht Ronaldo so hohe Freudensprünge, dass er geradezu einem Flummi ähnelt.

Weil es mittlerweile schon elf Uhr vormittags ist, ist es draußen sehr warm. Die gesamte Umgebung wird mit unbeschreiblicher Macht von der Sonne beleuchtet, wogegen der Wind mild und erfrischend aus Süden weht. Abermals grüßen diverse Blumen mit ihrer Farbenfreude und das Meer rauscht mit konstanter Gelassenheit. Nachdenklich läuft Marisa den Strand entlang, während Ronaldo spielerisch im Wasser herumtobt. An einer gemütlichen Stelle breitet sie das Strandtuch aus, das sie mitgenommen hat, und setzt sich.

Schließlich schließt sie ihre Augen und spürt in sich hinein, um herauszufinden, womit sie sich identifiziert. Sie bemerkt, dass sie sich zu sehr an Ronaldo geklammert hat. Ja, wie oft hat sie gedacht, ihr Leben sei nichts mehr wert, wenn ihr geliebtes Hundchen stirbt. Doch das ist noch nicht alles: Häufig hat sie davon geträumt, jemand besonderes und berühmtes zu sein. Und mit ihrer Lebenserfahrung und Menschenkenntnis hat sie ihr Ego aufgewertet. Ihr wird bewusst, mit wie vielen Dingen sie sich identifiziert hat. Auch das Wort ‚mein' hat sie mehrmals in ihren Gedankengängen ausfindig gemacht: *Meine Rückenschmerzen, mein Hund, meine Ängste, meine Träume…* – Da sie ihre Rückenschmerzen nicht ausstehen kann; warum sollte sie den Beschwerden so viel Bedeutung zukommen lassen, indem sie sich darüber definiert? Wieso sollte sie sich mit ihrem Wissen und ihrer Lebenserfahrung aufwerten? Vielleicht weiß sie gar nicht so viel, wie sie glaubt. Im Gegenteil! Von dem, was Lama Njima ihr bis jetzt erklärt hat, hatte sie zuvor überhaupt keine Ahnung. Dass sie von ihrer Vergangenheit loslassen sollte, hat sie bereits vor ein Paar Tagen eingesehen. Nun muss sie ihren Weg weitergehen, ohne fortwährend zurückzuschauen. Ihr Hab und Gut, sowie ihren Job könnte sie im Grunde jederzeit verlieren. Darüber sollte sie sich demnach auch nicht definieren. Und den Sinn und Zeck ihres Lebens sollte sie nicht an den kleinen Ronaldo knüpfen, da er nicht ewig leben kann. Ihr Traum davon, später einmal eine berühmte Sängerin zu werden, ist ein Hirngespinst. Denn so wie sie sich kennt, würde es ihr keinen Spaß bereiten, sich ständig ihrer Konkurrenz gegenüber zu behaupten und unter enormen Leistungsdruck zu arbeiten.

Mit Entsetzen stellt Marisa fest, dass ihr Selbstwertgefühl auf nichts Standhaftem beruht. Doch wer ist sie dann? Und was hat ihr Leben für einen Sinn? Sicherlich mag ihr wahres Wesen zeitlos und überaus grandios sein, doch sie spürt es nicht die ganze Zeit über – jedenfalls noch nicht! Wie kann sie etwas sein, womit sie sich nur sehr selten verbunden fühlt?

Vom Hunger angetrieben steht sie auf und schüttelt ihr Strandtuch aus, bevor sie es zusammenfaltet und Ronaldo zu sich ruft. Nachdenklich geht sie nach Hause, wo sie sich zum Frühstück Rühreier mit

Bananenscheiben brät. Diese Handlung deutet Ronaldo als Signal dafür, dass auch er jetzt etwas zu Futtern bekommt. Voller Freude tanzt er im Kreis, ehe er sich gierig auf seinen vollen Napf stürzt und Happen für Happen herunterschlingt. Während Marisa isst, geht ihr ein negativer Gedanke nach dem anderen durch den Kopf. Als sie ihre Mahlzeit beendet hat, erhebt sie sich und geht schleppend zur Kochnische.

Da sich Marisa heute relativ niedergeschlagen fühlt, schaltet sie nach dem Geschirrspülen den Fernseher ein. Zu ihrer Enttäuschung läuft dort nichts Interessantes. Als Reklame für ein Make-up wird auf einem Werbekanal ein Modell geschminkt. Das gesamte Schmink-Set kostet fast achtzig Euro. –Wie viel Geld Frauen doch in ihre Schönheit investieren, nur damit sie bewundert werden!– Marisa schaltet zu einem Spielfilm, in dem mehre starke Jungs einen Schwächeren zunächst mit Worten schikanieren und ihn daraufhin verprügeln. –Was ein Mensch nicht alles unternimmt, um besser dazustehen als andere!– Sie schaltet weiter, wobei sie auf einen alten Spielfilm stößt, worin Bankräuber gerade eine Bank ausrauben. –Beim Streben nach Reichtum, machen Menschen nicht einmal vor illegalen Mitteln halt!– Marisa schaltet weiter, doch wo sie auch hinschaltet; überall geht es darum, Wohlstand und Ansehen zu verbessern. Politiker und Geschäftsmänner verteidigen und pflegen ihr Prestige und in Talkshows sieht Marisa, wie viel Wert Jugendliche und Hausfrauen auf Banalitäten legen. –Wie absurd! Nur Obdachlose, die nichts mehr besitzen, achten nicht auf ihr Ansehen, da sie ohnehin keines mehr haben. Dennoch ist es ihnen überaus peinlich, sich anderen gegenüber so verwahrlost zu zeigen. Menschen ohne Geld und gutem Ruf werden in dieser Gesellschaft als Versager abgestempelt. Marisa denkt an die buddhistischen Mönche, die nur das besitzen, was sie wirklich zum Leben brauchen. Wie bescheiden sie nur sind: Ihre Köpfe sind rasiert; sie tragen schlichte Gewänder, besitzen wenig Geld, und hausen in Klöstern. Selbst mit ihrem überragenden Wissen prahlen sie nicht. Ebenso wenig werten sie andere Menschen ab, um ihren eigenen Wert zu erhöhen.

Seufzend schaltet Marisa schließlich den Fernseher aus. Der Gesellschaft hat sie nie richtig angehört und nun ist sie im Begriff, sich noch weiter von deren Werten und Zwängen zu entfernen.

Mit einem Schlag unterbricht sie ihren Gedankengang, da sie einen kalten Luftzug an ihrer rechten Wange verspürt. Marisa sieht kurz aus dem Fenster, um nachzuschauen, ob starker Wind weht – doch draußen ist es relativ ruhig. Mehrmals verspürt sie den Luftzug im Gesicht, wodurch sie immer nervöser wird. Sie hat nicht die geringste Ahnung, woher dieser Durchzug kommen könnte. In ihr steigt das Gefühl auf, dass jemand in ihrer Nähe ist. Marisas Blick wandert zu Ronaldo, der fleißig an einem Kauknochen nagt. Ihm scheint nichts Ungewöhnliches aufzufallen – vermutlich ist er auch nur zu sehr durch den Knochen abgelenkt. Als Marisa nochmals kalte Luft an ihrer Wange verspürt, bekommt sie es mit der Angst zu tun. Sie merkt, dass ihr das Herz bis zum Hals schlägt. Sie bekommt Gänsehaut, während ihr kalter Schweiß über den Rücken läuft. Die Fingernägel ihrer rechten Hand krallen sich in die Armlehne ihrer Couch. Das blanke Grauen ergreift sie, als sie spürt, dass ihre Hand von etwas Unsichtbarem berührt wird. Eigenartigerweise merkt sie kurz darauf, wie sich ihre Angst in Luft auflöst. Es schient ihr, als wäre sie plötzlich von einem Schutzmantel umhüllt worden, der sie vor jeglichen Gefahren behütet. Ein Gefühl tiefster Zuversicht und Sicherheit durchströmt sie. Von einer übersinnlichen Kraft erhält sie so viel Ruhe, dass es ihr vorkommt, als gäbe es nichts auf der Welt, wovor sie Angst haben könnte. Noch immer spürt sie, wie ihre Hand berührt wird. Ja! Sie ist sogar der Ansicht, ihre Mutter würde sie trösten.

Reaktionen

Lama Njima spricht ein kurzes Gebet, während Marisa genüsslich den Duft von Sandelholz-Räucherstäbchen einatmet.

»Wie erging es dir nach der letzten Lektion?«

»Ich hätte nie gedacht, dass ich mich über viele Jahre hinweg mit so vielen Dingen und Eigenschaften identifiziert habe. Noch jetzt definiere ich mich darüber, nicht in diese Gesellschaft zu passen. Denn wenn ich nicht nach Ansehen und Geld strebe wie alle anderen, wird der Spalt zwischen mir und der Gesellschaft größer. Wie kann ich verhindern, dass ich mich weiterhin definiere? «

»Auf jeden Fall ist es nützlich, dir immer bewusst zu machen, womit du dich gerade identifizierst. Diese Übung solltest du konsequent durchführen und niemals vergessen. Das gilt übrigens für alle Aufgaben und Lektionen. Vielleicht wäre es sogar hilfreich, Merkzettel zu schreiben. Auf einem Kärtchen stände somit *‚Alles ist vergänglich'*; auf einem anderen vielleicht *‚Lebe stets in der Gegenwart'*. Und natürlich sollte auf einem Kärtchen stehen: *‚Achte stets darauf, ob falsche Identitäten deinen Geist verschleiern'*.«

»Mir ist noch etwas aufgefallen: Als mir bewusst wurde, worüber ich mich definiert habe und mir klar wurde, wie absurd es ist; da habe ich eine deprimierende Leere gefühlt. Ich habe mich als ein Nichts empfunden.«

»Das liegt daran, dass du es gewohnt bist, dich mit Oberflächlichkeiten zu identifizieren. Außerdem ist dir dein neuer Bewusstseinsstand noch nicht sehr vertraut. Aber je öfter du dein wahres, zeitloses Ich wahrnimmst, desto eher wirst du wissen was oder wer du bist und das Gefühl des Nicht-Seins löst sich auf. Anfangs wirst du dich von der Gesellschaft getrennt sehen, da du deren Maßstäbe und Werte nicht teilst. Doch das Erkennen von Unterschieden ist ebenfalls eine alte Angewohnheit. Wir investieren oft viel mehr Energie darin, Unterschiede zu suchen, anstatt Gemeinsamkeiten zu finden. Wenn du häufiger mit deinem wahren Wesen verbunden bist, wirst du merken, dass dich etwas mit allen Lebewesen verknüpft. Doch davon reden wir ein anderes Mal. Ich rate dir, jeden Tag zu meditieren, um deine wahre Natur möglichst oft zu erkennen. Hast du dazu noch Fragen?«

»Äh...nein!«

»Gut, dann kommen wir zu unserer heutigen Lektion; und zwar Reaktionen.«

»Reaktionen?«, fragt Marisa, als hätte sie nicht richtig verstanden.

»Genau! Reaktionen!«, lächelt der Buddhist. »Normalerweise verteidigen wir uns, wenn wir verbal angegriffen werden. Mal angenommen, du würdest dich mit deinem hübschen Aussehen identifizieren. Und dann würde mit einmal jemand behaupten, du seiest hässlich. Mit großer Wahrscheinlichkeit wäre dein Stolz verletzt. Vermutlich verteidigst du deine Ehre oder greifst mit Beleidigungen an. Die Kunst jedoch besteht darin, überhaupt nicht zu reagieren. In unserer Gesellschaft wird es im Allgemeinen als Schwäche angesehen, nicht zu antworten. Doch in Wahrheit ist es eine großartige Leistung, denn es zeigt Stärke und Disziplin! Eine verbale oder physische Reaktion hingegen basiert eher auf Machtlosigkeit! Die Aufgabe – weder verbal, noch physisch zu antworten – ist relativ einfach. Aber keineswegs *gedanklich* zu reagieren; das ist sehr viel schwieriger! Solche kreisenden Gedanken kennst du bestimmt: Denn nachdem du dich mit jemandem gestritten hast, geht dir der Disput noch Stunden oder Tage später durch den Kopf. In deinen Gedanken geht das Wortgefecht immer weiter und dir fallen immer bessere Argumente ein, mit denen du den Streit gewinnen könntest... Hauptsache du kannst dich ins Recht setzen und andere ins Unrecht.

Doch wenn dir bewusst wird, dass bloß dein Stolz gekränkt wurde, und deine verletzten Gefühle überhaupt nichts mit deiner wahren Natur zu tun haben, lassen Schmerz und Gedanken nach. Wenn dir nun jemand sagt, du seiest hässlich und du reagierst darauf, indem du tagelang daran denkst, definierst du dich eventuell noch über dein Aussehen. Indem du aber die oberflächliche Identität auflöst, kannst du die kreisenden Gedanken beenden. Nun zu Recht und Unrecht: Da wir Menschen generell über wenig Wissen verfügen, füllen wir Wissenslücken mit Meinungen aus. Es gibt zum Beispiel keinen eindeutigen Beweis, dass Außerirdische existieren. Also glauben manche Menschen, dass es welche gibt und andere nicht. Über Meinungen braucht niemand zu streiten, da es sich nicht um Fakten handelt. So wie jeder Mensch ein Lieblingsgericht hat, hat auch jeder eine eigene Meinung. Über Tatsachen (wie etwa, dass eins plus eins zwei ergibt) brauchen wir auch nicht zu streiten. Wenn jemand behauptet, eins plus eins ergäbe fünf, dann ist es nicht *dein* Problem. Die Wahrheit benötigt deine Fürsprache nicht, da sie auch ohne dich weiterexistiert. Deshalb ist es sinnlos darüber zu streiten, wer Recht und Unrecht hat. Hast du Fragen?«

»Nein, ich denke ich habe verstanden, worauf es ankommt. Egal womit ich provoziert werde; ich muss versuchen, weder zu reagieren, noch darüber nachzudenken. Es scheint aber eine sehr schwere Aufgabe zu sein.«

»Es ist schwer. Doch je öfter du übst und je konsequenter du bist, desto leichter wird es!«, versichert Lama Njima seiner Schülerin, wobei er zuversichtlich lächelt.

Ronaldo

Kurz nach dem Gespräch mit Lama Njima, geht Marisa mit Ronaldo am Strand spazieren. Nachdenklich beobachtet sie den Sonnenuntergang. Die orange farbige Sonne sinkt immer tiefer zu den Wellen hinab, während violette Wolken den Himmel verzieren. Das Meer leuchtet in diversen Farben des Abendlichtes wie bunter, schimmernder Organza.

Marisa denkt daran, wie oft sie sich schon über ihre Kolleginnen aufgeregt hat. Ihre Gedanken kreisten dann jedes Mal unaufhörlich um deren gemeine Worte. Und manchmal denkt sie sogar noch Monate später daran. Lama Njima hat vermutlich Recht, denn es hat keinen Sinn auf diese Weise zu reagieren. Durch das Denken geht der Streit Tage oder noch Monate lang in ihrem Kopf weiter. Und die verletzenden Worte trägt Marisa als Bürde sehr lange mit sich herum. Vielleicht kommt daher der Ausdruck ‚Groll ansammeln' – denn jedes Mal, wenn wir jemandem etwas verübeln, tragen wir eine zusätzliche Last. Irgendwann haben wir dann so viel Ballast angesammelt, dass wir vor Kummer kaum noch leben möchten. Wenn sich Marisa nun vom Leid befreien möchte, muss sie sich ebenfalls von ihrem Zorn trennen. Es ist ohnehin sinnlos, jahrelang die Sünden anderer Menschen in Form von Gram zu schleppen. Vielleicht wäre es besser, den Menschen zu vergeben. Denn scheinbar haben sie selten Kontrolle darüber, was sie sagen. Eventuell werden sie sich ihren Taten eines Tages bewusst werden.

Marisa hält inne, da sie über ihre Gedankengänge vollkommen überrascht ist. Solche Folgerungen kennt sie gar nicht von sich selbst. Es scheint, als würde sie die unausgesprochenen Überlegungen von Lama Njima denken.

Während dem restlichen Spaziergang, versucht sie ihren Kopf von Gedanken zu befreien, um sich möglichst im Hier und Jetzt aufhalten zu können.

Auf dem Rückweg läuft Marisa den Blumen umsäumten Weg entlang, wobei ihr drei alberne, junge Männer entgegen kommen. Diese reden sehr laut, während sie sich wie Affen benehmen – vermutlich um Aufmerksamkeit zu erregen. Als Marisa nun an diesen kindischen Jungs vorbeigeht, zeigt einer von ihnen mit dem Zeigefinger auf Ronaldo und lacht.

»Mann, ist das ein hässlicher Hund. Der eiert ja, wenn er läuft!«

Marisa entscheidet sich dafür, diese Unverschämtheit zu ignorieren. Aber innerlich ärgert sie sich gewaltig. Während sie vor Wut kocht, denkt sie an die Zeit zurück, als sie Ronaldo wimmernd in einer Gasse fand. Dem Anschein nach wurde er ausgesetzt und daraufhin von einem Auto angefahren. Da sie sehr viel Mitleid mit dem armen, kleinen Kerlchen empfand, nahm sie ihn sachte auf den Arm und trug ihn zum Tierarzt. Dieser stellte nach einer Röntgenaufnahme fest, dass das Becken gebrochen war. Während einer Operation setzte der Arzt eine künstliche Hüfte ein. Das Hundchen, das Marisa bei sich aufnahm, nannte sie Ronaldo (nach ihrem Lieblingsfußballspieler). Dank ihrer Liebe und Führsorge erholte sich das kleine Kerlchen ziemlich schnell. Denn bei Marisa fühlt er sich einfach pudelwohl. Dennoch humpelt er heute noch ein wenig, obwohl er scheinbar keine Schmerzen hat.

Wieso diese Teenager behauptet haben, Ronaldo sei hässlich, leuchtet Marisa überhaupt nicht ein. Er sieht aus wie jeder andere Jack-Russel-Terrier: Er hat weißes Fell, das mit einigen braunen Flecken bedeckt ist. Beide Ohren sind braun und in der Mitte seines Gesichtes befindet sich ebenfalls ein brauner Fleck.

Marisa ist immer noch wütend, als sie ihre Wohnung betritt. Verärgert wirft sie die Leine durch die

Stube, nachdem sie sie Ronaldo abgenommen hat. Auch ihre Mokassins schleudert sie beim Ausziehen durch den Raum, ehe sie sich wütend auf die Couch fallen lässt. Aufgrund ihres eigenartigen Verhaltens, geht Ronaldo verunsichert auf sein Frauchen zu. Kurz vor ihr bleibt er stehen und wedelt mit dem Schwänzchen. Angeblich hat er den Eindruck, etwas falsch gemacht zu haben, weshalb er Marisa vermitteln möchte, dass er von nun an brav ist. Eventuell braucht das verwirrte Frauchen nur etwas Trost, den er ihr geben kann. Als Marisa sieht, wie verunsichert ihr treuer, vierbeiniger Freund ist, wird ihr bewusst, wie seltsam sie sich wenige Minuten zuvor verhalten hat. Sanft streichelt sie ihr geliebtes Hundchen, bevor sie ihm erlaubt, auf die Couch zu hüpfen und sich auf ihren Schoß zu legen. Seine bedingungslose Zuneigung heitert Marisa ein wenig auf.

Nun denkt sie darüber nach, warum die freche Bemerkung sie so verärgert hat. Ist ihr Stolz etwa verletzt? Wertet sie sich selbst mit Ronaldo auf? Eigentlich nicht! Es ist wohl die Dummheit und Blindheit der Menschen, die sie erzürnt. Wenn sich diese dämlichen Teenager in Ronaldo hineinversetzen könnten, wüssten sie, wie sehr er damals gelitten hat. Vielleicht würden sie in dem Fall nichts mehr zu Lachen haben. Es sei denn, sie erfreuen sich am Leid anderer. Marisa empfindet es als äußerst deprimierend, dass Menschen meist so stumpfsinnig sind und dabei nicht merken, was sie mit ihren Worten anrichten. Seit dem Steinzeitmensch scheinen sie sich nicht sonderlich weiterentwickelt zu haben. Klar, sie stellen nun fortgeschrittenere Waffen und Geräte her. Obwohl Technik und Lebensqualität sich verbessert haben, scheint sich das Mitgefühl (anderer Lebewesen gegenüber) überhaupt nicht ausgeprägt zu haben. Würden wir mit anderen mitempfinden, bräuchten wir keine hoch entwickelten Waffen, denn wir hätten keinen Grund für blindes Töten. Wenn wir das Leid anderer Menschen fühlen könnten, wären wir nicht in der Lage, den Auslöser einer Schusswaffe zu drücken.

Den Groll, den Marisa gegen ‚blinde', oberflächliche Menschen hegt, verspürt sie als eine schwere Last, die sie in ihrem Körper trägt. Schließlich frag sie sich, warum sie die Torheit anderer Menschen als Ballast mit sich herumtragen sollte. Sie entscheidet sich dafür, von dieser unnötigen Bürde loszulassen und keinen einzigen belastenden Gedanken mehr daran zu verschwenden. Stattdessen versinkt sie lieber in einer beruhigenden Meditation.

Karma

Wie jeden Abend sitzt Marisa auch nun wieder Lama Njima gegenüber, der gerade ein buddhistisches Gebet rezitiert. Dieses Mal befindet sich Marisa in dem Raum, in dem die kleine Buddha-Figur steht. Während der buddhistische Lehrer betet, fragt sich Marisa, wie wohl die übrigen Räume aussehen mögen. Schließlich öffnet der Buddhist seine Augen und lächelt.

»Wie geht es dir? Wie kamst du mit deiner Aufgabe voran?«

»Mir geht es gut! Die Aufgabe ist sehr schwer. Ich wurde gestern von einem Teenager provoziert. Den habe ich zwar ignoriert, doch innerlich war ich außer mir vor Wut. Ich habe ungefähr eine halbe Stunde gebraucht, bis ich mich wieder im Griff hatte.«

»Eine halbe Stunde! Für den Anfang ist das sehr gut!«, entgegnet Lama Njima freudig.

»Ich habe mich über die Dummheit und Oberflächlichkeit der Menschen geärgert. Sie bewerten Lebewesen, ohne etwas über sie zu wissen. Dann habe ich mich dafür entschieden, dass ich wegen der Torheit anderer Leute, keinen belastenden Zorn in mir tragen möchte. Und das hat mich dann auch beruhigt.«

»Das ist sehr gut! Du hast mitbekommen, dass du an *allem*, worüber du dich ärgerst, schwer zu tragen hast. Es ist hervorragend, dass du weiterdenkst und es nicht einfach bei meinen kurzen Aussagen belässt. Das zeigt mir, dass du meine Ratschläge prüfst, ausprobierst und sogar weiterentwickelst. Und es zeigt mir, dass du dir deiner Emotionen und Gedanken bewusst wirst, wodurch diese bereits weniger Kontrolle über dich haben. Das ist sehr gut! Eines solltest du diesbezüglich noch wissen: Alles, was dich an anderen ärgert, kannst du ebenfalls in dir finden. Vielleicht erinnerst du dich an eine Situation, in der du dich gleichermaßen oberflächlich verhalten hast, weil du dich nicht in den anderen Menschen hineinversetzen konntest. Oder vielleicht erinnerst du dich nicht mehr daran... Ich an deiner Stelle würde darüber nachdenken, ob ich nicht die gleichen Fehler mache wie andere. Denn oft merken wir selbst nicht, wie unmöglich wir uns verhalten. Und noch etwas wichtiges: Du solltest niemals versuchen, gegen das Fehlverhalten anderer Leute anzukämpfen. Denn alles, wogegen du kämpfst, stärkst du in dir selbst, sowie in anderen Menschen! Wenn du dich zum Beispiel mit einer Person streitest, die dir Geld gestohlen hat und die dir äußerst geldgierig vorkommt, so wächst auch deine eigene Geldgier. Du spürst den Verlust deines Geldes, überbewertest die Situation und verlangst nach Entschädigung, indem du ebenfalls nach Geld eiferst. In einigen Situationen ist es durchaus angebracht, dich zu wehren, damit du dich vor größerem Schaden schützen kannst. Dennoch musst du dabei äußerst wachsam sein, um nicht dieselbe Eigenschaft in dir zu stärken, gegen die du dich wehrst. Die Entscheidung darüber, welche Begebenheit du besser akzeptierst und in welchem Fall du dich verteidigen solltest, erfordert viel Weisheit. Doch wenn du deinem spirituellen Weg treu bleibst, wird dir das erforderliche Wissen zukommen. Hast du hierzu noch Fragen?«

»Ich glaube ich habe es verstanden. Alles was mich an anderen aufregt, kann ich auch in mir finden. Und ich kann es aufgrund einer Reaktion sogar verstärken.«

»Genau so ist es!«, nickt Lama Njima lächelnd. »Nun erzähle ich dir von deiner nächsten Aufgabe. Wir Buddhisten glauben – wie du vielleicht schon gehört hast – an Karma. Ich erläutere dir zunächst, was es damit auf sich hat. Da unsere Karma-Theorie oft missverstanden wird, erkläre ich sie so, dass du sie leicht verstehst. Du hast bestimmt schon mal gehört, dass ein schlechtes Karma dazu führt, dass sich unsere äußeren Bedingungen verschlechtern. Das heißt lediglich, dass sich unsere Lebensqualität nach unserem Bewusstseinsstand richtet. Denn wenn wir mit unserem weltlichen Streben gegen die höhere Intelligenz ankämpfen, so stoßen wir auf ein Hindernis nach dem anderen und wir machen uns selbst das Leben zur Hölle. Wir sollten daher nicht gegen das Leben kämpfen, sondern in Harmonie damit zusammenwirken. Die Tatsache, dass du als kleines Kind deine Verwandten verloren hast, hat nicht unbedingt etwas damit zu tun, das du irgendwann etwas Schlimmes getan hast. Eventuell bedeutet es nur, dass du dich in vergangenen Leben zu stark an andere Menschen geklammert hast. Denn die Probleme, mit denen wir konfrontiert werden, helfen uns dabei, innerlich zu wachsen. Das heißt, um Glückseligkeit zu erlangen, müssen wir uns den Lektionen des Lebens stellen und uns somit weiterentwickeln. Und das können wir nur, wenn wir von alten Denkmustern loslassen. Denn entscheidend ist, *wie* wir mit schlimmen Ereignissen umgehen. Beim Karma geht es daher weniger um äußere Umstände, sondern vielmehr um die eigene geistige Verfassung. Karma bedeutet konditioniertes Denken. Da unsere Gedanken durch unsere Vergangenheit geprägt sind, holen wir das Vergangene immer wieder in die Gegenwart, wodurch wir ständig mit den gleichen Problemen konfrontiert werden. Außerdem hat jede Handlung eine Folge, sowie jeder Gedanke eine Folge hat. Das bedeutet: Das, was du erlebst, ist oft die Folge alter Verhaltens- und Denkmuster. Solange du dieses Muster nicht auflöst, wirst du immer wieder dieselben Folgen zu spüren bekommen. Ich erkläre es noch mal in anderen Worten: Eine bestimmte Situation löst bei dir ein altes Denkmuster aus. Dieses aktiviert daraufhin ein altes Verhaltensmuster, welches wiederum eine negative Reaktion deiner Mitmenschen verursachen kann. Die Antwort der anderen aktiviert bei dir wahrscheinlich *wieder* ein altes Muster, das die Situation sogar verschlimmern kann. Demzufolge sind nicht äußere Begebenheiten schlecht, denn die *wahren*

Übeltäter und Feinde sind unsere *eigenen* Gedanken. Verbessert sich unser Denken, so verbessert sich unser Leben! Hast du dazu Fragen?«

»Nein, ich glaube nicht! So wie ich es verstanden habe, liegt es an unserem Bewusstseinsstand, wie gut oder schlecht es uns geht. Und es liegt an unserem Handeln, wie andere Menschen reagieren. Das heißt, zwischenmenschliche Probleme kommen vom Karma.«

»Das ist richtig! Doch wie man so schön sagt: Zu einem Streit gehören immer zwei. Deshalb genügt es nicht, wenn nur ein Mensch allein sein schlechtes Karma auflöst. Es ist ratsam eine gewisse Distanz zu denen zu pflegen, die zu gewalttätigen Aktionen neigen. Nun komme ich zu einem weiteren Thema: Vielen Buddhisten geht es nicht nur darum, wie gut oder schlecht ihr Karma ist. Sie gehen dabei noch einen Schritt weiter. Denn Buddhisten glauben nicht nur an Wiedergeburt, sondern auch daran, dass das *Karma* den Kreislauf von Wiedergeburten erzeugt. Dabei handelt es sich nicht nur um schlechtes, sondern auch um gutes Karma. Demnach verursacht jegliches Karma eine Wiedergeburt und jedes Handeln und jeder Gedanke erzeugt Karma. Um den Kreislauf der Wiedergeburten zu stoppen, dürfen wir überhaupt kein Karma mehr zu erzeugen. Das heißt, wir müssen unsere konditionierten Denk- und Verhaltensmuster vollständig auflösen. Das können wir erreichen, indem wir absolut gegenwärtig sind, ohne in Gedanken abzuschweifen. Hast du hierzu Fragen?«

»Nein! Ich habe so etwas noch nie gehört. Aber irgendwie klingt es einleuchtend. Kann es sein, dass wir erst dann aufhören, wiedergeboren zu werden, wenn wir zu unserem natürlichen, reinen und ungetrübten Zustand zurückgefunden haben? Das würde fast zu einer christlichen Sichtweise passen, denn einige von uns glauben, dass wir von Gott kommen, und dass wir zu Gott zurückkehren, wenn wir sterben.

Vermutlich können wir erst zu Gott heimkehren, wenn wir einen gottesähnlichen Zustand erreicht haben.«

»Du erstaunst mich immer wieder! Diese Theorie ist zwar nicht wissenschaftlich bewiesen; aber ich glaube, damit liegst du goldrichtig. Nun möchte ich dir mehr über Wiedergeburt und Karma erklären. Bei einer Wiedergeburt werden wir mit dem Bewusstseinstand und mit dem Ballast wiedergeboren, das wir vom vorherigen Leben mitbringen. Denn das Bewusstsein, sowie das Karma, sind energetische Einheiten, die den Körper nach dem Tod verlassen und bei der Geburt auf einen anderen Körper wechseln. Auch Wissenschaftler haben in den letzten Jahren gemerkt, dass unser Bewusstsein zeitlos ist, und dass es nach dem Tod auf einen anderen Körper übergeht. Es ist allzu logisch, dass das Bewusstsein dabei unverändert bleibt, denn es geht in dem Zustand auf den kleinen Embryo über, in dem es den vorherigen Körper verlassen hat. In anderen Worten: Den Bewusstseinsstand, den du im vorherigen Leben hattest, den hattest du auch bei deiner Geburt. Doch auch das Karma geht auf den Körper des Babys über, wodurch gewisse Informationen und Denkweisen aus vorherigen Leben überspringen. Doch das ist noch lange nicht alles: Über Gene werden die Lebenserfahrungen der Eltern und dessen Vorfahren übertragen. Schon seit langem wird dieses Phänomen bei Tieren, Reptilien, Insekten und Vögeln beobachtet. Denn sie wissen bereits bei ihrer Geburt, wer ihre Feinde sind, und wovor sie sich in Acht nehmen müssen. Außerdem wissen wir, dass wir nach der Geburt jede Menge Informationen aufnehmen, die wir von unseren Eltern nonverbal übertragen bekommen. Denn ähnlich wie ein Hund, kann ein kleines Kind Ängste und Wut sehr deutlich wahrnehmen. Und dem Anschein nach speichern wir all diese Emotionen in unserem Karma. Wenn du also genau überlegst, trägst du den Ballast deiner früheren Leben, wobei dir zusätzlich die genetisch übertragenen Informationen deiner Vorfahren zur Last gelegt werden. Selbst die Ängste deiner Eltern wurden indirekt als eine Art Bürde an dich weitergegeben. Und wie du heranwächst, machst du deine eigenen Erfahrungen und Fehler, die ebenfalls belastend sein können. All diese Informationen und Erlebnisse prägen dein Denken. Und deine konditionierten Gedanken bestimmen, wie du Situationen wahrnimmst und wie du reagierst. Die Tatsache, dass du deine Eltern vorzeitig verloren hast, hat zu einer Vergrößerung deines Ballastes geführt. Und wie du schon gemerkt hast, wächst diese Last, sobald du dich über andere Menschen ärgerst. Doch du hast gestern Abend etwas Einzigartiges geschafft: Du hast das Wachstum deines Karmas verhindert, weil du die Schwere des neuen Zorns nicht annehmen wolltest. Je mehr du dich darum bemühst, der Zunahme deines Leides entgegenzuwirken, desto weniger Macht hat diese Qual über dich und dein Handeln. Doch wenn du der Stimme deiner alten Denkweise nachgibst, wirst du immerzu mit denselben Problemen konfrontiert. Wenn du aber nicht im Geringsten auf eine Provokation reagierst und du auch nicht durch dein Denken die Last vergrößerst, wird dein negatives Karma immer schwächer. In anderen Worten: Wenn du durch permanente Wachsamkeit die ‚Stimme' deines Karmas sofort entlarvst und du dir somit von alten Denkmustern nicht mehr vorschreiben lässt, wie du zu handeln hast, verliert dein Karma an Macht und Bedeutung. Wenn du sehr konsequent bist und wenn du es wünschst, kannst du es sogar vollständig auflösen. Hast du Fragen?«

»Nein. Ich habe alles nachvollziehen können. Wenn ich also meine alten Denkmuster auflöse, verschwindet der Schmerz und ich werde mich friedfertiger verhalten.«

»Genau! Es gibt eine Meditation, mit der du deine Last erkennen und auflösen kannst. Erkennen kannst du dein Karma anhand der erdrückenden Emotionen, die sich in deinem Körper ausbreiten. Es handelt sich hierbei unter anderem um Angst, Wut und

Hass. Außerdem kannst du dein Karma anhand der belastenden Gedanken erkennen, die im Kopf wie ein Film ablaufen und niemals aufhören wollen. Wenn dein Karma aktiv ist, entsteht ein Kreislauf der Gedanken und Emotionen, der sich von Minute zu Minute verstärkt. Das Denken kurbelt den negativen Gemütszustand an, und vice versa. Außerdem wirkt der unangenehme Kreislauf störend auf die natürliche Zusammenarbeit der Organe. Das Herz beginnt zu rasen, obwohl du dich nicht in Gefahr befindest. Auch Verdauung, Hormonproduktion und Immunsystem werden beeinträchtigt. Alles klar soweit?«

»Ja, alles bestens! Du meine Güte…Ich wusste gar nicht, wie ungesund negative Gedanken sind!«

»Jetzt weißt du es! – Für die neue Meditation ist es wichtig, dass du keine Angst davor hast, dich den unangenehmen Emotionen zu stellen. Wenn du Probleme aus Scheu ignorierst, werden sie schlimmer. Denn die Angst vor der Angst verstärkt die grundlegende Furcht umso mehr. Sobald du merkst, dass du vollkommen von negativen Emotionen und Gedanken vereinnahmt wirst, nimm' dir ruhig etwas Zeit für eine Meditation. Dabei schließt du deine Augen; atmest dreimal tief ein und aus; und konzentrierst dich auf deinen Körper, beziehungsweise auf die Emotionen, die du darin wahrnimmst. Sei dir bewusst, dass es nicht dein eigener Gemütszustand ist, sondern dass es einem alten Muster entspringt. Der erste Schritt zur Befreiung, besteht demnach darin, dass du dich *nicht* damit identifizierst. Das ist ganz wichtig! Zusätzlich solltest du die negativen Emotionen akzeptieren. Denn sobald du gegen dein Karma ankämpfst, verstärkst du es. Außerdem ist der aktuelle Augenblick nun mal so wie er ist. Alles was dir demnach übrig bleibt, ist dein Karma zu billigen, das in dem Augenblick aktiv ist. Wenn du die Emotionen sorgfältig und *ohne Widerwillen* beobachtest, dann wirst du merken, wie sie sich nach und nach auflösen, bis ein leerer Raum entsteht. Diese Leere wirst du auch bald als Licht wahrnehmen

72

können. Da dein Karma fest in dir verankert ist, wird es noch viele Male versuchen, dich zu dominieren und dich in alte Verhaltensmuster zu verstricken. Doch je wachsamer du bist, desto eher merkst du, wann dein Karma dein Leben bestimmen will. Und wenn du die negativen Emotionen sofort durch eine Meditation auflöst, verliert dein schlechtes Karma an Kraft. Es wird immer schwächer, bevor es sich vollkommen auflöst. Wie lange es dauert, bis du dich endgültig vom negativen Karma befreien kannst, hängt davon ab, wie konsequent du bist und wie stark die Last deines Karmas ist. Wichtig ist dabei vor allem Disziplin und Ausdauer. Es wäre traurig, wenn du nach einigen Wochen oder Monaten aufgeben würdest. Buddhistische Mönche brauchen in der Regel mehrere Jahre, um sich vollkommen von negativen Emotionen und Gedanken zu befreien. Deswegen erwarte nicht, dass du innerhalb weniger Wochen permanente Glückseligkeit erreichst. Zeit spielt dabei keine Rolle! Wichtig ist, dass du wachsam und konsequent bist. Nun noch einmal die wichtigen Punkte der Meditation: Nehme die Emotionen wahr; akzeptiere sie, ohne dich mit ihnen zu identifizieren; und beobachte sie, bis sie sich aufgelöst haben. Deine Hausaufgabe besteht darin, diese Meditation auszuprobieren, selbst wenn die negativen Emotionen schwach sein sollten. Hast du noch Fragen?«

»Nein, ich habe alles verstanden. Ich kann es kaum erwarten, diese Meditation auszuprobieren!«

»Das ist schön! Dann wünsche ich dir noch einen angenehmen Abend und viel Erfolg«, erwidert Lama Njima lächelnd.

Die Kolleginnen

Als Marisa am nächsten Morgen aufwacht, bemerkt sie, dass ihr treuer Hund auf ihrem Bett geschlafen und sich fest an sie gekuschelt hat. Ronaldo wacht auf, sobald sich Marisa streckt, worauf er freudig vom Bett springt.

Kurz bevor Marisa zur Arbeit geht, meditiert sie für einige Minuten, denn sie will herausfinden, ob sich negative Emotionen in ihrem Körper verstecken. Und tatsächlich wird sie fündig: In ihr lungern Angst und Groll. Das liegt wohl daran, dass Marisa ungern zur Arbeit geht. Sie kann es nicht ertragen, wenn Kolleginnen oder Kunden schlecht gelaunt sind. Deren Verstimmung empfindet sie meist als mitreißenden Sumpf der Verzweiflung.

Während diesem deprimierenden Gedankengang, erinnert sie sich plötzlich an Lama Njimas Worte: *‚Alles, was dich an anderen ärgert, kannst du ebenfalls in dir finden'*. Schließlich hört Marisa damit auf, anderen Leuten Vorwürfe zu machen und konzentriert sich auf ihre Angst und ihren Groll. Sie macht sich bewusst, dass diese Emotionen nichts mit ihrer wahren Natur zu tun haben. Denn sie stammen vielmehr von alten Verhaltens- und Denkweisen, die sich über die Jahre entwickelt haben. Zusätzlich akzeptiert sie die Tatsache, dass sie in diesem Augenblick Angst und Groll empfindet. Wie Marisa ihre innere Aufruhr beobachtet, spürt sie, dass die Schwere in ihrem Oberkörper nachlässt. Wie winzige Seifenblasen, die nach und nach platzen, lösen sich die unangenehmen Emotionen auf. Neugierig betrachtet Marisa den leeren Raum, der somit entstanden ist. Sie sieht, wie sich diese Leere immer weiter ausdehnt, worin sich kurz darauf ein schwaches Licht ausbreitet. Und zu ihrer Überraschung wird die Helligkeit immer intensiver.

Nach der Meditation macht sich Marisa auf den Weg zur Arbeit, wobei sie daheim einen enttäuschten Ronaldo zurücklässt, der den Tag allein verbringen muss.

Marisas gute Laune hält leider nicht lange an, da die Stimmung im Umkleideraum äußerst unangenehm ist. Genervt verlassen zwei Kolleginnen den kleinen Raum, wodurch Marisa mit einer jüngeren Frau zurückbleibt. Rasch zieht sich Marisa ihren Arbeitskittel über, während sich die eitle Kassiererin ihr blondes Haar vor einem kleinen Wandspiegel kämmt. Schließlich fällt ihr missbilligender Blick auf Marisa.

»Du wirst von Tag zu Tag seltsamer«, sagt diese vorwurfsvoll.

»Wieso?«, fragt Marisa überrascht.

»Du strahlst so eine eigenartige Ruhe und Dominanz aus. Und das ist geradezu beängstigend! So jemand wie du sollte Angst davor haben, umgebracht zu werden. Du bist nämlich viel zu unheimlich!«

Beleidigt strotzt die Kollegin aus dem Umkleideraum und lässt Marisa fassungslos dort stehen. Da die verletzenden Worte Marisa schwer getroffen haben, setzt sie sich schnell und schließt ihre Augen. Sie merkt, dass die Worte wie tausend Messer in ihrem Körper einstechen. Zunächst akzeptiert Marisa die Tatsache, dass sie genau in diesem Augenblick von Trauer und Schmerz durchströmt wird. Danach macht sie sich darüber bewusst, dass diese Qual von ihrer Vergangenheit herrührt und im Grunde nichts mit ihrem wahren Ich zu tun hat. Zu ihrer Erleichterung, löst sich der Schmerz unter ihrer Beobachtung auf.

Gelassen geht Marisa in den großen Verkaufsraum und setzt sich an die Kasse. Die hasserfüllten Blicke ihrer Kollegin beunruhigen sie weiterhin. Anscheinend ärgert sich die blonde Kassiererin darüber, dass Marisa immer noch so viel Ruhe ausstrahlt – und das auch noch trotz ihres destruktiven Kommentars.

Kurze Pausen nutzt Marisa für rasche Meditationen, um sämtliche Negativität aus ihrem Körper zu entfernen. Während der Arbeit meint sie sogar eine Art Präsenz zu spüren, die ihr Kraft und Trost spendet. Dank dieser eigenartigen, unsichtbaren Stütze fühlt sie sich stark genug, um den Arbeitstag bestens zu überstehen.

Nachdem Marisa ihre Schicht absolviert hat, kann sie es kaum noch erwarten, nach Hause zu gehen, um sich von den bösen Blicken ihrer Kollegin zu erholen. Als sie durch die Altstadt läuft, erinnert sie sich plötzlich wieder an die blinde Frau, die vor einer Woche am Straßenrand saß. Schlagartig wird ihr bewusst, wie unhöflich sie sich dieser Frau gegenüber verhalten hat. An die Worte der Blinden kann sie sich nun so gut erinnern, als würde sie sie erst jetzt richtig hören: ,*Junge Frau! Du hast die Gnade Gottes. Du wirst dich sehr bald vom Leid befreien können. Sei froh, denn das kann nicht jeder. Deine Mutter hilft dir dabei'*.
Nachdem sich Marisa jahrelang über die Torheit ihrer Mitmenschen geärgert hat, bemerkt sie nun voller Entsetzen, wie blind sie selbst ist. Vielleicht hatte die blinde Frau sogar Recht! Eventuell ist Gott ihr tatsächlich gnädig. Möglicherweise war es gar kein Zufall, dass sich der buddhistische Mönch verlaufen hatte und genau die Straße entlanglief, in der sie wohnt. Wahrscheinlich gibt es wirklich eine höhere Macht, die beschlossen hat, Marisas vom Leid zu befreien.
Marisa hat die blinde Frau für eine Wahnsinnige gehalten – doch dessen ist sie sich nun nicht mehr so sicher. Und was meinte die Frau, als sie sagte: ,*Deine Mutter hilft dir dabei*'? Diese seltsamen Dinge, die Marisa neuerdings wahrnimmt; wie etwa die Berührungen auf ihrer Hand, die kalten Luftzüge und diese beruhigende Präsenz; ist es womöglich ihre Mutter? War die Spieldose ein Zeichen dafür, dass sie es ist? Hat ihre Mutter das Andenken zerstört, um

Marisa klar zu machen, dass ihre Seele nicht so vergänglich ist wie Holz und Porzellan?

Voller Neugierde sucht Marisa nach der blinden Frau. Von ihr erhofft sie sich Antworten auf ihre Fragen. Doch in den Gassen der Altstadt ist sie nicht zu finden. Da Ronaldo darauf wartet, ausgeführt zu werden, gibt Marisa ihre Suche auf und eilt nach Hause.

Verbundenheit

Am Abend spricht Lama Njima wie üblich ein kurzes Gebet, ehe er das Gespräch einleitet.
»Wie geht es dir? Bist du mit deiner Aufgabe gut voran gekommen?«

»Die Meditation hat mir sehr geholfen. Doch heute ist mir etwas Unangenehmes passiert. Eine meiner Kolleginnen hat mir vorgeworfen, ich werde von Tag zu Tag seltsamer. Es hieß, ich würde so viel Ruhe und Dominanz ausstrahlen, dass es beängstigend sei. Und so jemand wie ich sollte Angst davor haben, umgebracht zu werden. Ich sei nämlich viel zu unheimlich, hat sie gesagt. Diese Worte haben mich sehr verletzt!«

»So etwas solltest du nicht persönlich nehmen! Betrachte dieses Ereignis einfach als eine gute Gelegenheit, um Geduld zu üben«, erklärt Lama Njima.

»Wieso hat sie so etwas gesagt? Ich habe sie nicht mal provoziert«, verteidigt sich Marisa.

»Du hast sie mit deiner inneren Ruhe provoziert. Menschen haben grundsätzlich Angst vor Dingen, die sie nicht verstehen. Das heißt, du hast deine Kollegin mit etwas Ungewohntem konfrontiert. Denn aufgrund deiner neuen Gelassenheit reagierst du plötzlich freundlicher und gelassener. Außerdem versteht deine Kollegin nicht, wieso du auf einmal so viel Kraft ausstrahlst. Vermutlich hat sie es dir übel genommen, dass du dich nicht so schlecht fühlst wie sie selbst. Denn Menschen, die keine innere Ruhe verspüren, leiden. Leider denken viele Leute, die Welt sei gerechter, wenn andere genauso viel leiden wie sie selbst. Doch Gerechtigkeit liegt immer im Auge des Betrachters. Denn jedes Mal, wenn zwei Parteien sich streiten, suchen *beide* nach Gerechtigkeit. Sie setzten sich selbst ins Recht und andere ins Unrecht. Doch schon die geringste Verzerrung der Wahrnehmung kann einiges anders aussehen lassen, als es in Wirklichkeit ist. Aufgrund einer falschen Sicht der Realität, kann man sich selbst als Opfer fühlen und den anderen als Täter betrachten, obwohl dem im Grunde nicht so ist. Einige Menschen gehen davon aus, dass gewisse Lebewesen keine Glückseligkeit verdienen, da diese in ihren Augen richtige Monster sind. Aus ihrer verzerrten Sicht erscheint es außerordentlich fair, wenn so genannte Übeltäter leiden. Doch damit geben sie sich noch lange nicht zufrieden! Unbewusst, wollen sie eine negative Reaktion aus dem anderen Menschen herauskitzeln. Denn wenn sich die Gegenpartei wehrt, kann der Streit immer schlimmer werden. Und dann haben beide Parteien einen Grund, sich zu ärgern und unglücklich zu sein. Das mag zwar überaus absurd klingen, doch so spielt es sich leider allzu oft ab. Bewusst würde niemand sein eigenes Leid verschlimmern. Dies passiert nur *unbewusst*! Die meisten Menschen stecken in einem Kreislauf des Verletzens und Verletzt-Werdens fest. Da du heute in keiner Weise reagiert hast, hast du deinen eigenen Kreislauf unterbrochen. Das war übrigens eine erstaunliche Leistung! Hast du noch Fragen?«

»Ja! Ich verstehe nicht, warum Menschen unbewusst leiden wollen. Denn wenn sie jemandem schaden, dann können sie doch davon ausgehen, dass derjenige sich rächt. Warum sollte jemand diese Rache absichtlich herausfordern?«

»Ja, es scheint sehr absurd zu sein! Sie *selbst* wollen natürlich nicht leiden! Es ist ihr Karma, das sich anhand der Schmerzen erweitern will. Es wartet geradezu darauf, dass ein altes Denkmuster von einer bestimmten Situation aktiviert wird. Und sobald dies geschieht, kann es das Verhalten des Betroffenen bestimmen. Das Karma besteht aus Energie und hat eine Art Eigenleben. Indem das Leid zunimmt, kann es selbst wachsen und gedeihen, wodurch der Kreislauf der Wiedergeburten weitergeht. Außerdem ist das Karma wie eine Computerprogrammierung, denn wenn wir am Computer eine bestimmte Tastenkombination drücken, wird die entsprechende Programmierung aufgerufen. Man könnte fast schon behaupten, dass einige Menschen programmierten Robotern ähneln. Denn sie folgen meist der Stimme ihres Karmas, ohne zu wissen, dass es gar nicht *ihr* Wille ist, der sie zum Handeln bringt. – Weißt du übrigens, warum du durch deine innere Ruhe so viel Kraft ausstrahlst?«

»Vielleicht…weil mir keine negativen Gedanken mehr die Kraft rauben?«

»Ja, das auch«, stimmt ihr Lama Njima lächelnd zu. »Doch es gibt noch einen anderen Grund! Deine enorme Kraft schöpfst du aus der Verbundenheit – beziehungsweise aus der Totalität.«

»Wie?«

»Je weniger dein Geist getrübt ist, desto näher bist du der wahren Natur allen Seins. Das heißt, wenn du dein zeitloses Ich wahrnimmst, bist du gleichermaßen mit der Totalität verbunden.«

»Was ist die Totalität?«

»Gestern hast du mich gefragt, ob wir nicht solange wiedergeboren werden, bis wir einen gottesähnlichen Zustand erreicht haben. Wie du weißt, befindet sich dieser Zustand bereits in uns – es ist unser wahres Wesen! Und es ist meist zu stark verschleiert, als dass wir es erkennen könnten. Jedes Lebewesen trägt diesen ‚göttlichen Funken‘ in sich. Und wenn wir alle irgendwann zur höheren Intelligenz heimkehren: Das ist die reine Totalität, von der ich spreche! Doch solange wir noch leben, gehört erheblich mehr zum großen Ganzen; und zwar alle Völker, alle Kulturen, die Vergangenheit, die Zukunft und vieles mehr.«

»Aha!«

»Menschen, die alles getrennt sehen, fühlen sich von anderen Lebewesen abgekapselt. Diese Sichtweise trennt nicht nur Kräfte, sondern schürt auch Mistrauen, Missgunst und Hass zwischen den Menschen. Wenn du dich von der globalen Kraft absonderst und du dich mit negativen Gedanken belastest, hast du einfach weniger Kraft. Oder anders ausgedrückt; wer gegen das Leben ankämpft, bekämpft sich selbst. Dies führt mich zur heutigen Lektion über Verbundenheit. Weißt du noch, wie besorgt du darüber warst, nicht zur Gesellschaft zu gehören?«

»Ja, genau! Das bin ich immer noch!«

»Gegensätze entstehen durch das Denken. Sie entstehen aufgrund des Definierens. Zum Beispiel: Du bist Europäerin und ich bin Asiat. Wir sind es gewohnt alles zu definieren und zu kategorisieren. Wir können nicht einmal das Phänomen der Zeit in seiner wahren Natur erkennen, da wir die Zeit in Vergangenheit, Gegenwart und Zukunft gegliedert haben. Mit dieser Sichtweise können wir uns besser im Alltag zurecht finden. Doch im Grunde ist unsere Anschauung der Zeit eine Illusion, da sich alles zur gleichen Zeit abspielt. Vergangenheit und Zukunft gibt es demnach nicht. Weil dies so verwirrend ist, wird unsere Wahrnehmung der Zeit vom Bewusstsein gegliedert, damit wir nur unsere aktuelle Gegenwart sehen können. Würde dein Bewusstsein ständig im Mittelalter, in der Zukunft, oder in der Steinzeit landen, könntest du deinen Job nicht ausüben. Du wüsstest nie, wo du als nächstes landen würdest. Und dein Leben wäre das reinste Chaos. Ähnlich verhält es sich mit der Einteilung von Räumlichkeiten. Du möchtest schließlich nicht, dass dein Bewusstsein zu einem anderen Ort wandert, während du arbeitest – obwohl dies einigen Menschen schon gelungen ist. Doch während wir schlafen, kann unser Bewusstsein durchaus in andere Zeiten und Länder reisen. Und wenn wir wach sind, befindet es sich wieder an Ort und Stelle. Es sei denn, du wirst schlagartig aus dem Schlag gerissen. Dann kann es einige Minuten dauern, bis du dir deiner Umgebung richtig bewusst wirst. Und das gleiche Prinzip gilt für die Trennung zwischen Lebewesen. Denn du wolltest bestimmt nicht plötzlich im Kopf eines Hundes landen, der gerade seinen Kauknochen in einem Blumenbeet verbuddelt. Dein Bewusstsein bleibt also an deinen Körper und an die aktuelle Zeitdimension gekoppelt, solange du wach bist. Die Verbindung zwischen allen Lebewesen können wir uns wie einen menschlichen Körper vorstellen: So wären alle Lebewesen kleine Zellen, aus denen der Körper besteht. Mal angenommen, einige Zellen wollten nicht mit ihren Artgenossen zusammenarbeiten, dann würde der Körper nach und nach krank werden und sterben. Genauso ist es auf dieser Welt: In uns ist der gleiche ‚Funke', und dennoch arbeiten wir gegeneinander und führen Kriege. Das gleiche Schema gilt für die verschiedenen Kulturen dieser Erde. Jede Kultur verfügt über ein spezielles Wissen. Fügen wir alle Weisheiten der Welt zusammen, kommen wir der höheren Intelligenz etwas näher. Oft ignorieren wir andere Kulturen, weil wir davon ausgehen, dass sie nichts mit uns zu tun haben. In unserer gegliederten und geordneten Welt mag zwar vieles unterschiedlich erscheinen, dennoch verfügen alle Lebewesen über ein zeitloses Ich. Und es ist eben dieser ‚Funke' der uns miteinander verbindet. Nun zu deiner neuen Hausaufgabe! Sie besteht darin, während einer Meditation herauszufinden, ob du außer dem Licht und der Glückseligkeit, auch eine Art Verbundenheit spürst. Es ist eine Art Verbindung zum großen Ganzen. Diese Verbundenheit kann sich auch auf andere Kulturen und Orte beziehen. Als Einleitung hierfür, musst du deinen Kopf von sämtlichen Gedanken befreien. Sobald du deinen natürlichen Geisteszustand erkennst, wird es dir möglich sein, weitere Dinge wahrzunehmen. Hast du dazu noch Fragen?«

»Äh…ja!«, antwortet Marisa nachdenklich. »Kann es sein, dass unsere wahre Natur…äh… irgendwie nicht von dieser Welt ist und…äh…einer anderen Dimension angehört?«

»Wissenschaftler gehen davon aus, dass es mehrere parallele Dimensionen gibt, die unser Bewusstsein im normalen Zustand nicht wahrnehmen kann. Da wir unsere wahre Natur nicht ohne spezielles

Training erkennen können; könnten wir durchaus davon ausgehen, dass die reine Natur jedes Menschen einer anderen Dimension angehört«, erwidert der Buddhist freundlich.

»Ich habe noch eine Frage…Ich…ich habe Angst, dass mich diese Kollegin wirklich umbringt. Was kann ich dagegen unternehmen?«

»Sie wollte wahrscheinlich nur, dass du schlecht gelaunt bist. Oder vielleicht wollte sie bloß ein wenig Macht und Kontrolle über dich gewinnen. Doch lass' dich davon nicht einschüchtern. Bleib' erst mal deinem Weg treu – egal, ob es den anderen gefallen mag, oder nicht. Falls dir dieser Pfad später mehr Leid als Glückseligkeit bringen sollte, kannst du immer noch einen anderen Weg gehen. Mir scheint es jedoch, als würdest du dich momentan von deiner Last befreien. Dadurch rate ich dir, nicht aufzugeben! Reagiere in keinster Weise auf Provokationen. Sicherlich darfst du Abstand von den Menschen halten, die anderen gerne Schaden zufügen. Du kannst dir zum Beispiel einen Arbeitsplatz suchen, der gesunder für dich ist. Wenn die Zeit reif für eine Veränderung ist, wird sich auch eine Möglichkeit ergeben. Doch du musst wissen, dass äußere Umstände keine Macht auf dein Gemüt haben sollten. Sobald du inneren Frieden besitzt und vor Glückseligkeit strahlst, haben äußere Umstände wenig Bedeutung. Dank des wahren inneren Friedens, haben Menschen sogar Gefangenschaften erstaunlich gut überstanden. Nur ein untrainierter Geist ist von äußeren Umständen abhängig. Sei daher nicht so sehr gewillt, die äußeren Bedingungen zu verändern. Es ist vorteilhafter, an der eigenen geistigen Verfassung zu arbeiten. Übe zunächst Geduld und kultiviere Mitgefühl! Und zur richtigen Zeit wird sich die passende Veränderung ergeben. Eventuell wirkt sich dein innerer Wandel noch positiv auf deine Kolleginnen aus. Warte einfach ab!« erklärt Lama Njima.

Der Traum

Nach dem Abendessen versucht Marisa zu meditieren. Sie setzt sich im Schneidersitz, mit aufrechtem Rücken auf ihre Couch, während sich Ronaldo neben ihr für ein Nickerchen bereitlegt. Voller Zuversicht schließt Marisa ihre Augen und atmet mehrmals tief ein und aus, bevor sie ihren Kopf systematisch von Gedanken befreit. Alle bildlichen Vorstellungen verzerrt sie, damit sie erst gar nicht in Versuchung geraten kann, weiter darüber nachzudenken. Alle Gedanken, die nicht visuell sind, sondern eher lästigen Stimmen gleichen, verwandelt sie in einen monotonen Piepton, bis sie schließlich jegliches Denken zum Stillstand bringt. Auf diese Weise kommt sie schneller zum Ziel und nimmt viel eher den dunklen, leeren Raum wahr. Eifrig wartet sie darauf, dass das Licht und somit auch das wunderbare Gefühl der Glückseligkeit erscheint. Doch nichts passiert. Schließlich wird Marisa so unruhig, dass wieder Gedanken durch ihren Kopf schießen. Wieso passiert nichts? Wie soll sie bloß ihre Aufgabe ausprobieren, wenn sie das Licht nicht sieht? Wie kürzlich, will sie pure Freude verspüren! Warum schafft sie das nicht? Was macht sie falsch? Nach großer Anstrengung bricht sie ihre Meditation ab. Deprimiert schaltet sie den Fernseher ein und schaut sich einen Film an, bevor sie zu Bett geht. Vor dem Einschlafen versucht sie es erneut mit der Meditation. Doch als sie schließlich den dunklen, leeren Raum wahrnimmt, schläft sie auch schon ein.

Nach langer Dunkelheit gelangt Marisa an einen wunderschönen Ort. Zu ihrer linken Seite ragen Berge in den Himmel. Ein tropischer Wald bedeckt die Strecke von den Bergen bis zu den bunten Häusern, vor denen sie sich befindet. Zu ihrer Rechten sieht sie, wie das Meer unter der strahlenden Sonne funkelt. Der breite Sandstrand ist ihr völlig unbekannt. Ja jetzt, wo sie darüber nachdenkt, ist ihr die gesamte Gegend vollkommen fremd. Sie scheint in einem anderen Land zu sein. Vielleicht Südamerika? Die Einwohner, die in der Nähe der Häuser und am Strand zu sehen sind, sehen jedenfalls latein-amerikanisch aus. Verwirrt schaut sich Marisa um. Wie ist sie bloß hier her gekommen? Der Wind, der ihre Haut streichelt und ihr Haar flattern lässt, wird stärker. Zu Marisas Verwunderung, sieht sie plötzlich weiße Blütenblätter auf sie zuschwirren. Ehe sie sich versieht, befindet sie sich in der Mitte eines leichten Wirbelsturmes, der Blütenblätter um sie kreisen lässt. Wohin sie auch blickt; die Umgebung gleicht der einer Schneekugel, die jemand soeben geschüttelt hat, wobei weiße Partikel durch die Luft schwirren. Marisa fühlt sich wie in einem Märchen; so traumhaft ist es! Die gesamte Gegend leuchtet unter der glühenden Sonne, der Sand glitzert und die rauschenden Wellen schimmern, während helle Blütenblätter durch die Luft schweben und die Welt wie einen Segen erscheinen lassen. Noch nie hat sich Marisa so befreit und sorglos gefühlt, wie in diesem Moment. Woran erinnern sie bloß diese weißen Blütenblätter? So etwas Ähnliches hat sie doch schon einmal gesehen. Mit einem Schlag fällt es ihr wieder ein: Vor einer Woche sah sie weiße Blütenblätter vor dem Supermarkt kreisen, nachdem ungewöhnliche Blitze ihre Aufmerksamkeit erweckt haben. Damals schien es ihr, als hätte ihre Mutter die Blätter im Wind tanzen lassen. Bei diesem Gedanken, ertönt eine sanfte Stimme, die aus dem Nichts zu kommen scheint.

»Marisa, meine Kleine!«

Entsetzt wendet sich Marisa einer fremden Frau zu, die ihr nach sorgfältiger Musterung gar nicht so unbekannt erscheint. Die Person ist etwa genau so groß wie sie selbst; sie hat dunkelbraunes Haar und große dunkle Augen; und ihr Gesicht strahlt vor Freude. Wie angewurzelt starrt Marisa diese Frau an.

»Mama?«, fragt sie ängstlich.

»Ja, Marisa. Ich bin es! Du hast mir so gefehlt. Es war mir nicht möglich bei dir zu sein, als du aufgewachsen bist, obwohl ich es liebend gern gewollt hätte. Ich musste mich leider einer anderen Verpflichtung widmen. Doch nun werde ich dich für einige Monate begleiten und dir helfen, damit du nicht mehr so traurig bist. Du musst wissen, dass ich trotzdem immer bei dir war, weil wir miteinander verbunden sind. Wir sind ein Herz und eine Seele. Wenn es mir also nicht möglich ist, deine Hand zu berühren oder dir Zeichen zu schicken, so möchte ich, dass du trotzdem weißt, dass ich immer bei dir bin, meine Kleine!«

»Was?«

»Mach' dir keine Sorgen! Du musst wissen, dass ich immer für dich da bin! Kannst du die Verbindung zwischen uns beiden spüren?«

Marisa sieht diese Frau zunächst verwundert an, bevor sie ihre Augen schließt, um in sich zu kehren. Zu ihrer Überraschung, nimmt sie in ihrem Kopf, sowie in ihrem Körper ein Licht wahr, das sich immer stärker ausbreitet und unaufhaltsam heller wird. Zur gleichen Zeit verspürt sie pure Glückseligkeit, die sie zum Lachen bringt. Sie fühlt, wie die Frau ihre Hand nimmt, wobei sich dessen Wärme in Marisas Körper ausbreitet. Und plötzlich nimmt sie es wahr: Ein Gefühl tiefster Verbundenheit dehnt sich in Marisas Körper aus. Ja selbst den unbekannten Menschen, um sie herum, fühlt sie sich zugehörig. Schließlich scheint es ihr, als sei sie mit allem verbunden – sogar mit Gott und der Welt. Für Marisa, die sich sonst so einsam fühlt, ist dies ein faszinierendes Erlebnis. Lächelnd öffnet sie ihre Augen, um diese Frau anzuschauen. Mit einem Mal empfindet sie Dinge, die sie nicht benennen kann, und die sie von ihrer Kindheit her kennt. Nimmt sie etwa die Energie oder Aura ihrer Mutter wahr?

»Mama, du bist es wirklich! Du bist wirklich meine Mutter!«

»Ja, Marisa. Das bin ich. Ich bin deine Mutter!«

»Wie ist das möglich?«, will Marisa herausfinden.

»Du schläfst, meine Liebe! Dein Bewusstsein hat mich während dem Schlaf aufgesucht. Komm' ich will dir etwas zeigen!«, fordert ihre Mutter auf, während sie noch immer Marisas Hand hält.

Marisa wird es kurz schwarz vor den Augen, bevor sie sich schlagartig in einer ganz anderen Umgebung wiederfindet. Die glühende Sonne strahlt auf einzigartige Felsformationen herab und lässt das Wasser lebhaft vor ihr schimmern.

»Sind wir in China?«, fragt Marisa, wobei sie ihre Mutter anschaut.

»Ja! Genauer gesagt, schweben wir über Guilin.«

Bei diesen Worten, bemerkt Marisa, dass sie keinen Boden mehr unter ihren Füßen hat und mit ihrer Mutter durch die Lüfte fliegt. Die liebenswürdige Frau bemerkt den panischen Gesichtsausdruck ihrer Tochter sofort.

»Keine Angst, meine Kleine! Dein Körper schläft wohl und behütet in deinem Bett. Doch dein Bewusstsein kann so frei durch die Luft schweben, wie ein Vogel!«, beruhigt sie ihre Tochter mit einem liebevollen Lächeln.

Angstfrei und voller Wonne fliegt Marisa nun mit ihrer Mutter über den Li-Fluss hinweg und an außergewöhnlichen Bergen vorbei. Auf dem Fluss sieht Marisa ein kleines Fischerboot, das eher einem Floß ähnelt. Darauf steht ein Fischer, der gerade versucht Fische zu fangen, und dessen Kopf mit einem chinesischen Strohhut bedeckt ist. Sonnenstrahlen glimmen wie magische Funken an den dunklen Bergen vorbei. Wie ein Vogel gleitet Marisa über dem Fluss, der je nach Spiegelung in verschiedenen Farben glitzert.

Schlagartig wacht Marisa auf. Langsam streckt sie sich und reibt sich den Schlaf aus den Augen. Da es in ihrer Wohnung noch dunkel ist, muss es sehr früh morgens sein. An den wunderschönen Traum kann sich Marisa so deutlich erinnern, als würde sie ihn in diesem Augenblick noch träumen. Sie bedauert es, bereits aufgewacht zu sein, da sie sich noch nicht einmal von ihrer Mutter verabschieden konnte. Zeit zum Trauern hat sie nicht, denn wie durch eine übersinnliche Eingebung, kommen ihr die Worte ihrer Mutter in den Sinn: *Wenn es mir also nicht möglich ist, deine Hand zu berühren oder dir ein Zeichen zu schicken, so möchte ich, dass du trotzdem weißt, dass ich immer bei dir bin, meine Kleine!* Ein Lächeln geht über Marisas Gesicht, während ihr Freudentränen aus den Augen kullern. Mit dem Gefühl behütet und beschützt zu sein, wie ein Embryo im Mutterleib, dreht sie sich in eine gemütliche Schlafposition und versinkt im Nu in der dunklen Leere des Schlafes.

Dimensionen

Nachdem Lama Njima ein kurzes Gebet gesprochen hat, öffnet er seine Augen und lächelt wie immer.

»Wie geht es dir? Und wie erging es dir mit deinen Kolleginnen auf der Arbeit?«

»Nun, die eine Kollegin, die gestern so komisch reagiert hat, hat mich auch heute böse angeschaut. Alle anderen Kolleginnen werfen mir misstrauische Blicke zu. Ich habe das Gefühl, dass sie hinter meinem Rücken lästern. Umgebracht haben sie mich jedoch noch nicht«, scherzt Marisa.

»Die weiseste Entscheidung ist es, auf keinen Fall zu reagieren und auch nicht daran zu denken. Die negativen Emotionen und Gedanken anderer Menschen musst du nicht auch noch auf deinen Schultern tragen.«

»Ja… Während kurzen Pausen habe ich heute meditiert. Und beim Arbeiten habe ich darauf geachtet, worüber ich nachdenke und ob mich negative Emotionen erdrücken. Sobald ich etwas Negatives wahrgenommen habe, habe ich es blitzschnell zum Stillstand gebracht. Außerdem habe ich mir immer wieder klar gemacht, dass ich nicht mehr leiden *möchte*. Mein Karma möchte ich so gut es geht auflösen.«

»Das ist gut! Und wie erging es dir mit deiner neuen Aufgabe? Konntest du eine Art Verbundenheit wahrnehmen?«

»Nun ja…als ich gestern Abend meditierte, nahm ich nur einen dunklen, leeren Raum wahr. Ich habe auf das Licht gewartet – doch es kam einfach nicht. Vielleicht habe ich etwas falsch gemacht.«

»Eventuell hast du dich selbst unter Druck gesetzt, weil du unbedingt das Licht sehen wolltest.«

»Ja, das kann sein…Und kurz darauf kreisten wieder Gedanken durch meinen Kopf. Nur ging es diesmal darum, dass ich immer noch kein Licht gesehen hatte. Ich wusste nicht, wie ich die Aufgabe ausprobieren soll, wenn ich das Licht nicht wahrnehme.«

»Durch Zwang und Gewalt erreichen wir im Grunde nicht viel und das gilt auch für Meditationen. Wenn du dich zwingst, etwas bestimmtes zu erreichen, wird entweder gar nichts daraus oder es dauert sehr viel länger, bis du an dein Ziel gelangst.«

»Wie schaffe ich es, mein Ziel vor Augen zu behalten und mir trotzdem keinen Druck zu machen?«

»Sicherlich besteht das Ziel der Meditation darin, den Kopf von Gedanken zu befreien und den natürlichen Zustand des Geistes zu erkennen. Dennoch solltest du dein Vorhaben nicht mit aller Willenskraft erzwingen. Beobachte einfach welche Gedanken aufkommen; löse sie auf und betrachte den leeren Raum, ohne etwas zu fordern. Beobachte mit großer Wachsamkeit was passiert. Und wenn gar nichts passiert, dann akzeptiere auch dies. Durch Zwang und Kampf erreichen wir meistens das Gegenteil von dem, was wir wirklich erreichen wollen. Vieles geht deutlich einfacher, wenn wir von unseren Forderungen loslassen und einfach nur wachsam und präsent sind.«

»Das werde ich versuchen. Da gibt es noch etwas, worüber ich mit dir sprechen möchte: Heute Nacht hatte ich einen außergewöhnlichen Traum. Ich träumte, meine Mutter wäre bei mir und würde mir dabei helfen, die Verbindung zu ihr und anderen Menschen zu spüren. Im Traum habe ich ebenfalls eine starke Verbundenheit zu einer gewaltigen Kraft wahrgenommen.«

»Das ist doch schön!«, bemerkt der Buddhist lächelnd. »Vielleicht wird dir diese Erfahrung helfen, diese Verbindung auch während einer Meditation zu spüren oder sogar während dem stressigen Alltag.«

»Kann man so etwas auch während dem Alltag spüren?«

»Sicher doch! So wie du bereits während dem Alltag pure Liebe und Freude empfunden hast, kannst du auch die Verbundenheit zu anderen Lebewesen wahrnehmen.«

»Ich habe noch eine Frage: Kann es sein, dass meine Mutter in Form eines Geistes weiterlebt?«

»Wir Buddhisten glauben daran, dass Geist und Seele weiterleben und sogar wiedergeboren werden, solange ein Karma existiert. Nur materielle Dinge, wie unser Körper, sind vergänglich. Nachdem wir uns vollkommen vom Karma und somit vom Leid befreit haben, können wir im Nirwana absolute Erleuchtung und Glückseligkeit finden. Es sei denn, wir *wollen* wiedergeboren werden, um anderen zu helfen. Nun zu deiner Frage: Es ist möglich, dass wir während der Zeit – nachdem wir gestorben sind und bevor wir wiedergeboren werden – kurz in einer anderen Dimension verweilen. Es ist sozusagen eine kurze Pause in einer Art Zwischenstation. Und dem Anschein nach, können wir von dort aus Botschaften senden.«

»Was ist mit Poltergeistern, die jahrelang in einem alten Schloss spuken?«, fragt Marisa neugierig.

Lama Njima lacht freundlich.

»Unter bestimmten Umständen, wie bei einem tragischen Tod, scheint die Energie eines Ereignisses oder eines verstorbenen Menschen in einer anderen Dimension so stark zu sein, dass sie in diese Dimension übergeht. Dazu gilt es zu verstehen, dass *Zeit* eine Illusion ist. Vergangenheit, Gegenwart und Zukunft finden im selben Augenblick statt. Doch damit wir uns im Alltag zurrecht finden und die Gegenwart erkennen können, wird unsere Wahrnehmung der Zeit von unserem Bewusstsein gegliedert. Aber im Grunde ist das Phänomen der Zeit, wie wir es kennen, bloße Einbildung. Die Vergangenheit scheint demnach in einer anderen Dimension zu verlaufen und die Zukunft ebenfalls. Überall auf der Welt wurden eigenartige Phänomene gesichtet, die mit tragischen Ereignissen zusammenhängen. In den Vereinigten Staaten gibt es immer wieder Augenzeugen, die transparente Erscheinungen von Eingeborenen sehen. Als geisterhafte Visionen, setzen die Indianer klagend und weinend ihren erzwungenen Todesmarsch zum Mississippi fort. Das eigentliche Ereignis fand nach 1835, zu der Zeit ihrer Verbannung, statt und wurde später als ‚Zug der Tränen' bezeichnet. Qualvolle Vorfälle haben an manchen Orten eine so starke Präsenz hinterlassen, dass manchmal eine Überlappung der Zeitschichten erfolgt. Wenn sich Zeiten überlappen, können wir diese Phänomene trotz unserem vorsorglichen Bewusstsein wahrnehmen.«

»Das ist interessant! Ich habe jedoch noch eine Frage, die mich quält: Wenn ich jetzt durch Meditationen die wahre Natur meines Geistes immer deutlicher erkenne und schließlich permanente Glückseligkeit erreiche, dann werde ich vielleicht auch Zugang zu anderen Dimensionen haben. Verliere ich dann nicht meinen Bezug zum Hier und Jetzt?«

»Wenn wir buddhistischen Mönche den Bezug zum Hier und Jetzt verloren hätten, würden wir verwirrt und desorientiert durch die Welt irren. Im Grunde ist es eher das Gegenteil: Wenn wir unser Karma aufgelöst haben und nicht mehr von unsinnigen Gedanken oder negativen Emotionen vereinnahmt werden, befinden wir uns viel aufmerksamer in der Gegenwart. Denn dann sind wir nicht mehr durch Tagesträume oder alte Programme abgelenkt. Außerdem haben wir gelernt von unserem weltlichen Streben loszulassen – das heißt, wir wollen nicht mehr unser Ego stärken. Aus diesem Grund verzichten wir darauf, unser Ansehen zu verbessern und Geld anzuhäufen. Alte Denkweisen, sowie unser Anhaften und Streben verzerren unsere Wahrnehmung der Realität. Wenn du zum Beispiel an deine Kolleginnen denkst, während ich rede, ist es durchaus möglich, dass sich deine eigenen Gedanken im Gehirn mit *meinen* Worten vermischen und du dich letzten Endes an etwas völlig anderes erinnerst, als ich ursprünglich gesagt habe. Anders ausgedrückt, hast du meine Worte in deinem Geist verändert, weil du nicht absolut aufmerksam warst. Noch schlimmer ist es jedoch, wenn eine Situation einer anderen ähnelt, wodurch das Handeln vom Karma bestimmt wird. Ich erzähle dir ein Beispiel: Wenn jemand, als Kind von einem Hund gebissen wurde und die damalige Situation nicht verarbeiten konnte, wird er vermutlich als Jugendlicher oder Erwachsener in jedem Hund eine Gefahr sehen. Sobald er also einen Hund auf der Straße sieht, der dem damaligen Hund ähnlich ist, wird sozusagen ein Programm, beziehungsweise ein altes Denkmuster aktiviert. Dies verzerrt seine Wahrnehmung so sehr, dass er diesen Hund wohlmöglich als eine Art Monster betrachtet. In seiner Verfassung wäre er durchaus in der Lage Gewalt auszuüben, obwohl das arme Geschöpf ihm nichts getan hat. Doch in seinen Augen ist ein unschuldiger, freundlicher und wehrloser Hund eine Bedrohung, die vernichtet werden muss, bevor sie ihn vernichtet. So kann das Karma die Wahrnehmung einer völlig normalen und harmlosen Situation verzerren und dadurch eine Gräueltat auslösen. Wenn das Karma uns jedoch nicht mehr dazu verleitet, die Realität falsch wahrzunehmen und wenn das Ego uns nicht ständig mit Zukunftsplänen von der Gegenwart abhält, befinden wir uns schon eher im Hier und Jetzt. Es wird aber häufig vorkommen, dass du Dinge wahrnimmst, die du jetzt noch nicht wahrnehmen kannst. Die Glückseligkeit und die Freude, die du bereits im Alltag verspürt hast, wirst du immer häufiger und später sogar kontinuierlich empfinden. Außerdem kann es passieren, dass du erfreuliche Ereignisse aus deiner Vergangenheit oder deiner Zukunft spürst, als würden sie im gegenwärtigen Augenblick stattfinden. Du wirst häufig oder fortwährend die grundlegende Verbundenheit zu anderen Lebewesen oder gar zu anderen Orten empfinden. Das heißt jedoch nicht, dass du dich mit einem Schlag in einer anderen Zeit oder an einem anderen Ort befindest. Es fühlt sich eher an, wie eine Verschmelzung der Totalität mit dem Hier und Jetzt, in dem du dich aufhältst. Ein Mensch, der sich nicht hundertprozentig in der Gegenwart aufhält, kann die Totalität nie erleben. In anderen Worten: Du kannst viel mehr wahrnehmen, wenn du absolut präsent bist. Doch das heißt nicht, dass du den Bezug zur Realität verlierst. Hast du bis hier hin noch Fragen?«

»Nein. Das war alles einleuchtend.«

»Sehr gut! Nun zu deiner neuen Hausaufgabe: Versuche bei jeder Tätigkeit vollkommen präsent zu sein. Im Grunde machst du nichts anderes, als während der Meditation. Du bewachst permanent deinen Geist, um Gedanken ausfindig zu machen und aufzulösen. Außerdem konzentrierst du dich voll und ganz auf das, was du gerade machst. Wenn du läufst, läufst du einfach nur – ohne dabei zu planen was du unternimmst, wenn du am Ziel angekommen bist. Währenddessen fühlst du einfach in dich hinein. Spüre, wie sich deine Muskeln bewegen und deine Füße auf dem Boden auftreten. Hin und wieder beobachtest du die Vögel, die über dir hinweg fliegen oder du schaust dir die schönen Blumen an. Während du isst, solltest du auch darauf achten, nicht zu denken. Konzentriere dich einfach auf den Geschmack und darauf, wie das Essen beim Kauen auf der Zunge vergeht. Das heißt: Wenn du isst, iss einfach nur und wenn du läufst, lauf einfach nur. Wenn du kochst, koch einfach nur und wenn du arbeitest, dann arbeite einfach nur. Je gegenwärtiger du bei deinen Tätigkeiten bist, desto weniger versäumst du von deinem Leben. Wie du siehst, kannst du die Gegenwart viel intensiver und deutlicher wahrnehmen, wenn du nicht mehr von unsinnigen und belastenden Gedanken vereinnahmt wirst. In dieser klaren, reineren Verfassung kannst du auch besser einschätzen, ob wirklich eine Gefahr auf dich lauert oder ob du lediglich ein Opfer alter Denkweisen bist. Gibt es Fragen?«

»Ja! Anhand unseres letzten Gesprächs, gehen wir also davon aus, dass unser wahres Wesen ein Teil der Totalität ist und eventuell einer anderen Dimension angehört. Außerdem scheint das menschliche Bewusstsein aus purer Energie zu bestehen und ist deshalb immateriell und zeitlos. Doch wie ist es möglich, dass sich mein Bewusstsein teils in dieser und teils in einer anderen Dimension befindet?«

»Das Bewusstsein, ist nicht das einzige, das immateriell ist. Deine Seele und dein wahres Wesen sind es ebenfalls. Außerdem scheint das Bewusstsein äußerst komplex und flexibel zu sein. Während dein Bewusstsein deine Gedanken bewacht, und sich zeitgleich deinem Umfeld und deinen Körper bewusst wird, und sogar die Wahrnehmung der Zeit zu deiner Hilfe ordnet, kann es zugleich Dinge aus anderen Dimensionen wahrnehmen. Ich bin überzeugt davon, dass sich umso mehr Möglichkeiten entfalten, je trainierter, ausgedehnter und entwickelter unser Bewusstsein ist. Wenn du jedoch weder deinen Körper wahrnimmst, noch deine Gedanken bewachst und du lediglich eine verzerrte Umgebung betrachtest, handelst du eher unbewusst. Das heißt, du bist so sehr von Gedanken abgelenkt, dass dir kaum etwas bewusst wird. In dem Fall ist dein Bewusstsein weder ausgelastet, noch trainiert, noch erweitert. Und wenn du dir nicht einmal des Ortes, des Umfelds und der Zeit bewusst bist, bist du gewissermaßen *bewusstlos*. Dies passiert entweder beim Schlaf; bei einer Ohnmacht; bei Drogen- oder Alkoholkonsum; oder beim Fernsehen.«

»Aha. Also, wenn ich richtig verstanden habe, wird mir umso mehr bewusst, je trainierter und ausgedehnter mein Bewusstsein ist. Außerdem nehme ich dann mein Umfeld und die Gegenwart umso intensiver wahr. Und selbst wenn ich Informationen in Form von Empfindungen aus anderen Dimensionen, wie Vergangenheit und Zukunft, erhalte, so bin ich trotzdem wachsam und präsent im Hier und Jetzt. Das heißt, ich empfinde so etwas wie Weisheiten, während ich mein Umfeld ungetrübt wahrnehme.«

»So ist es! Du bist außerordentlich aufgeschlossen für spirituelle Lehren, die du wunderbar verstehst und nachvollziehen kannst! Man könnte meinen, du hast dich in deinem vorherigen Leben bereits damit befasst«, stellt Lama Njima lächelnd fest.

Schritt für Schritt

Am nächsten Tag bemüht sich Marisa, bei all ihren Tätigkeiten absolut präsent zu sein. Bereits am frühen Morgen konzentriert sie sich auf jeden Schritt und Tritt, während sie Ronaldo ausführt. Sie achtet auf die Muskelbewegungen, sowie auf ihren gesamten Körper und gelegentlich bewundert sie die wunderschöne Landschaft. Als sie nun Schritt für Schritt den Blumen umsäumten Pfad zum Strand entlangläuft und voller Wachsamkeit jeglichen Gedanken entgegenwirkt, weht ihr auf einem Mal ein starker Windstoß ins Gesicht. Die Bö zupft regelrecht ein Blumenmeer von den Ästen, worauf die zarten Blütenblätter auf Marisa zufliegen. Einige davon streicheln sanft ihr Gesicht, während andere in ihrem Haar hängen bleiben.

Die Welt erscheint ihr heute anders als sonst. Sie hat nicht mehr den Eindruck, auf einem schmerzerfüllten Planeten zu leben. Ihr scheint es, als wandere sie durch eine wunderschöne, beruhigende Umgebung. Obendrein glaubt sie mehr denn je an das Gute im Menschen.

Während Marisa den feinen Sand unter ihren Füßen spürt, beobachtet sie die funkelnden, wogenden Wellen, die am Strand branden und sich daraufhin wieder zum weiten Meer zurückziehen. Aufmerksam wie ein Luchs lauert Marisa Gedanken auf, die sie sofort zum Stillstand bringt. Jedes Mal, wenn es ihr gelingt ihren Kopf zu befreien, breitet sich ein Gefühl der Geborgenheit und Freude in ihrem Körper aus.

Nach ihrem gemeinsamen morgendlichen Spaziergang, bekommt der lebhafte Ronaldo sein lang ersehntes Hundefutter. Darauf stürzt er sich voller Begeisterung, als hätte er eine Woche lang nichts gefressen. Dabei liegt seine letzte Mahlzeit gerade mal elf Stunden zurück. Marisa packt zwei belegte Brote für ihre kurzen Arbeitspausen ein, ehe sie etwas Maisbrot isst. Während dem Kauen bemerkt sie, wie sie immerzu ins Grübeln gerät. Sobald sie einen Gedanken angehalten hat, kommt auch schon der nächste. Nur sehr selten schafft sie es, sich auf das Kauen und auf den Geschmack des Maisbrotes zu konzentrieren. Ihr wird bewusst, dass sie beim Laufen mehr Kontrolle über ihr Denken hat als beim Essen.

Während der Arbeit versucht Marisa sämtliche Gedanken durch erhöhte Wachsamkeit anzuhalten. Hin und wieder wird sie von den missbilligenden Blicken ihrer Kolleginnen aus dem Konzept gebracht. In ihrem Inneren breiten sich Trauer und Wut aus, was wiederum zu negativen Gedanken führt. Da Marisa im Kinderheim nie die Zuneigung bekommen hat, die sie brauchte, legt sie großen Wert darauf, von allen Menschen gemocht zu werden. Die gemeinen Blicke durchbohren sie daher wie Dolche, die alte Wunden öffnen und vertiefen. Bei all dem Frust, wendet Marisa ihre letzte Kraft auf, um beim Arbeiten zu meditieren. Während sie Verpackungen über den Scanner schleift, macht sie sich dessen bewusst, dass der tiefe Schmerz nichts mit der aktuellen Situation zu tun hat. Außerdem braucht sie das negative Verhalten ihrer Kolleginnen nicht persönlich zu nehmen. Denn wohlmöglich wird deren Handeln von alten Denkmustern gesteuert. Zudem akzeptiert sie die Tatsache, dass ihr eigenes Karma momentan aktiv ist. – Schließlich kehrt in ihrem Inneren Ruhe ein, wobei sich ihr tobendes Herz wieder beruhigt. Selbst ihr Darm entspannt sich mit einem leichten Knurren. Es ist vielleicht eine dumme Idee von ihr gewesen, ihre Aufmerksamkeit beim Arbeiten auf ihren Körper zu lenken. Doch ihre Tätigkeit ist bereits derart routiniert, dass sie es schafft, sich auf mehrere Dinge gleichzeitig zu konzentrieren.

Nach einem anstrengenden Arbeitstag, macht sich Maria schleunigst auf den Heimweg. Schließlich muss sie sich noch um Ronaldo kümmern, bevor sie zum Buddhistischen Verein geht. Als sie die Altstadt durchquert, konzentriert sie sich auf jeden Schritt, wobei sie sämtliche Gedanken beiseite schiebt. In einer Gasse findet sie vollkommen unerwartet die blinde Frau, die ihr letzte Woche auf mysteriöse Weise Gottes Gnade verkündet hat. Voller Begeisterung geht sie auf diese Frau zu, da sie sich unbedingt noch für ihr damaliges Verhalten entschuldigen möchte. Ehe Marisa etwas sagen kann, bemerkt die blinde Frau ihre Schritte und schaut mit leeren Augen in ihre Richtung.

»Aha! Ich wusste, dass du dich wieder blicken lassen würdest!«, sagt die blinde Frau mit rauer Stimme.

»Äh…ja«, antwortet Marisa schüchtern. »Ich wollte mich bei Ihnen für mein unmögliches Benehmen von letzter Woche entschuldigen. Ich habe Sie bewertet, ohne etwas über Sie zu wissen. Und als Sie über meine Mutter sprachen, habe ich mich fälschlicherweise provoziert gefühlt.«

Während Marisa spricht, öffnet sie ihre Handtasche, nimmt zwei Euro aus ihrem Portemonnaie und wirft das Kleingeld in den abgetragenen Hut, der neben der Frau liegt.

»Vielen Dank für die Spende. Ich weiß deine Entschuldigung zu schätzen. Nicht jeder kann ein Fehlverhalten reumütig zugeben oder sich gar dafür entschuldigen. Nur ein Mensch, dem die innere Ruhe wichtiger ist als sein Stolz, kann Fehler zugeben. Schuldbewussten Menschen kann ich immer verzeihen!«

»Na ja…Ich finde, ich sollte mich nicht ständig über andere ärgern. Vielmehr sollte ich auf meine eigenen Fehler achten. Außerdem hatten Sie Recht! Meine Mutter hilft mir tatsächlich!«

»Na siehst du!«

»Nun, ich muss mich beeilen. Ich wünsche Ihnen noch einen schönen Tag.«

»Danke, ebenfalls!«, antwortet die blinde Frau mit einem zufriedenem Unterton.

Lächelnd macht Marisa Anstalten aufzubrechen, als die kratzende Stimme plötzlich in ihren Ohren dröhnt.

»Übrigens wirst du bald in einen schlimmen Unfall verwickelt sein, der mehrere Menschenleben fordern wird.«

Während die blinde Frau diese Worte ausspricht, verspürt Marisa ein unbeschreibliches Grauen, als würde sich dieser Unfall genau in diesem Augenblick ereignen. Marisa erstarrt für einige Sekunden, wobei ihr ein eisiger Schauder über den Rücken läuft.

Freundschaften

»Wie erging es dir mit deiner letzten Aufgabe?«, fragt Lama Njima freundlich.

»Die Aufgabe ist sehr anstrengend. Beim Laufen und Kochen fällt es mir relativ leicht, Gedanken abzuschalten. Bei der Arbeit haben mich gelegentlich die bösen Blicke meiner Kolleginnen irritiert. Und ich war gezwungen zu meditieren, um ruhiger zu werden. Beim Essen war es für mich bislang am schwierigsten! Mir gelang es immer nur wenige Sekunden, mich auf den Geschmack zu konzentrieren.«

»Jeder hat anfangs Schwierigkeiten, die Wachsamkeit der Meditation in den Alltag zu bringen. Doch je konsequenter und wachsamer du bist, desto einfacher wird es. Sobald du nicht mehr von alten Denkmustern vereinnahmt wirst, besitzt du auch mehr Gedankenfreiheit. Denn dann kannst du selbst bestimmen, was du denken willst. Das ist viel schöner, glaub' mir! Leider meinen die meisten Menschen, sie hätten Kontrolle über ihr eigenes Denken. Doch dem ist in Wahrheit nicht so, da ihre Gedanken konditioniert sind. Hätten sie Macht über ihr Karma, könnten sie jederzeit einen Gedankengang anhalten und auflösen. Leider schaffen das die wenigsten. Nun noch einmal zu dir: Es könnte sein, dass das Essen selbst ein Auslöser eines alten Verhaltensmusters ist. Vielleicht hattest du in deiner Vergangenheit schlimme Erlebnisse beim Essen – ganz besonders im Kinderheim könnte es bei Tisch unangenehm gewesen sein. So schwer es auch sein mag, solltest du gerade beim Essen noch wachsamer sein, um alte Programme ausfindig zu machen. Hast du Fragen?«

»Nein, bis jetzt noch nicht.«

»Gut, dann komme ich zum nächsten Thema. In der vorletzten Lektion ging es um Verbundenheit und in der letzten, um kontinuierliche Wachsamkeit und Präsenz. Beide Aspekte sind für deine nächste Aufgabe besonders wichtig. Wie du bereits gemerkt hast, verbindet dich etwas mit anderen Menschen. Eines was du mit allen Lebewesen gemeinsam hast, ist der Wunsch nach Glückseligkeit. Jeder Mensch – selbst der schlimmste Verbrecher – würde lieber pure Freude, anstatt Leid empfinden. Jeder ist auf sein eigenes wohl bedacht, wobei einige Leute das Glück leider am falschen Ende suchen. All das Streben nach Geld, Anerkennung und Macht dient einfach nur dazu, den Lebensstandard zu verbessern und das Wohlbefinden zu steigern. Allerdings ist der Kampf um Geld und Macht sehr qualvoll. Der richtige Weg zur Glückseligkeit ist zwar anstrengend, aber auf keinen Fall schmerzhaft. – Mit Sicherheit können wir behaupten, dass alle Menschen im Grunde nur Glück und inneren Frieden wollen. Diesen Wunsch haben wir *alle* gemeinsam. Etwas anderes, das uns verbindet, ist unser wahres, zeitloses Ich – wie du bereits weißt. Nun zur heutigen Lektion: Für eine wahrhaftige Freundschaft ist es wichtig, absolut präsent zu sein. Und es ist von großer Bedeutung, das wahre Ich des Freundes zu sehen. Um die wahre Natur eines Menschen zu erkennen, genügt es, hinter die Fassade von falschen Ichs zu schauen. Wenn du jegliche Makel akzeptierst und darüber hinwegsiehst, wirst du wissen, wer der andere Mensch in Wirklichkeit ist. Dann wirst du erkennen, dass dieser Mensch im Grunde gar nicht so schlimm ist, wie du vorher dachtest. Wenn du also demnächst mit jemandem redest, versuche absolut wachsam und präsent zu sein, ohne in Gedanken abzuschweifen. Das ist die Grundlage für jede Konversation. Höre einfach nur zu, anstatt das Gehörte zu analysieren, Ungesagtes hineinzuinterpretieren; oder darüber nachzudenken, was du selbst zu sagen hättest. Das ist wie beim Laufen: Wenn du läufst, läufst du einfach nur und wenn du zuhörst, hörst du einfach nur zu. Dein Gesprächspartner wird sofort merken, dass du aufmerksam bist. Und wenn du über diverse Fehler hinwegsiehst, siehst du nicht mehr einen Menschen, der sich andauernd beweisen will; sondern du siehst das, was auch *du* in dir birgst: Eine Art Leere, aus der Lebensfreude und Kraft entspringt. Ist bislang alles verständlich?«

»Ja, auf jeden Fall!«

»Dennoch solltest du diese Übung anfangs nicht an deinen Kolleginnen ausprobieren, da sie sehr misstrauisch sind. Manche Leute merken es, wenn jemand versucht, über die kreierten Egos hinwegzuschauen. Ein Mensch, der glaubt er sei in Wahrheit nichts Besonderes, hat Angst davor, seine Maske fallen zu lassen. Die Furcht davor, nicht gut genug zu sein, ist in Realität bloß eine Illusion. Die meisten Menschen wissen gar nicht, wie *großartig* sie im Grunde schon sind. Trotzdem wäre es deinen Kolleginnen bestimmt lieber, wenn du ihr erarbeitetes Ego wahrnimmst und schätzt. Suche dir für deine Hausaufgabe einen Menschen, der zufrieden mit sich selbst ist und sich anderen Leuten gegenüber öffnet. Für so jemanden wird es eine Bereicherung sein, wenn du wachsam zuhörst. Zwischenmenschliche Beziehungen und Freundschaften gewinnen dadurch an Tiefe. Normalerweise sind Freundschaften eher oberflächlich: Entweder klammert sich jemand zu stark an den anderen und kann nicht loslassen; oder es wird ein Nutzen aus einer Freundschaft gezogen, was dazu führt, dass Menschen gnadenlos ausgenutzt werden. Echtes Verständnis, Mitgefühl und Anerkennung sind in Freundschaften sehr selten, da fast jeder bloß an sich selbst denkt. Einige Leute haben oft nicht genug Zeit, um anderen zuzuhören; da sie ihre Prioritäten nicht Menschen zuordnen, sondern ihrer Arbeit und anderen Interessen. Ich glaube, du sehnst dich instinktiv nach einer tiefgründigen Freundschaft. Vielleicht sind deine alten Freundschaften deshalb in die Brüche gegangen. Denn meiner Ansicht nach fehlte die tiefgehende Herzlichkeit. Richtig gute Freundschaften entstehen zwischen offenherzigen Menschen, die die wahre Natur des Gegenübers erkennen. Von Leuten jedoch, die ihre Mitmenschen unbewusst quälen, solltest du dich besser fernhalten. Denn wer möchte schon andauernd beschimpft werden. Hast du noch Fragen?«

»Nein. Das klingt sehr einleuchtend. Ich glaube sogar das Gefühl zu kennen, das man hat, wenn man jemanden in seiner wahren Natur erkennt. Ich denke, so etwas habe ich mit meinem Hund Ronaldo erlebt. Denn manchmal, wenn ich sehr traurig bin, möchte ich nicht mehr nachdenken und kuschele stattdessen mit ihm. In diesen Momenten fühle ich eine sehr tiefgreifende Verbindung zwischen mir und dem kleinen Racker.«

»Ja, das ist durchaus möglich! Denn auch Tiere verfügen über ein wahres, zeitloses Ich, welches dem Unseren identisch ist. Demnach können wir auch mit Tieren eine Art seelische Verbindung eingehen«, erklärt Lama Njima lächelnd.

Der Gemüseladen

Der nächste Tag beginnt ziemlich ereignislos. Während der Arbeit denkt Marisa mehrmals über ihre Hausaufgabe nach. Wo könnte sie bloß einen Menschen finden, der keine Angst davor hat, dass jemand sein wahres Wesen erkennen könnte? Obwohl sie immerzu überlegt, wo sie wohl hingehen könnte, um die richtige Person zu finden; kommt ihr keine einzige Idee. Je später es wird, desto größer wird ihre innere Unruhe. Diesen Abend wird sie ihrem Lehrer wohlmöglich nichts zu berichten haben, da sie die Übung scheinbar nicht ausprobieren kann.

Sobald ihre Schicht zu Ende ist, macht sich Marisa auf den Heimweg. Da ihr ohnehin keine genialen Einfälle kommen, schaltet sie ihre Gedanken ab. Sie konzentriert sich auf ihren Körper, während sie Schritt für Schritt einen länglichen Platz überquert. Von dort aus hat sie eine wunderbare Sicht auf die alten, restaurierten Häuser. Diese leuchten in hellen Farben unter dem Sonnenlicht, das zwischen dunklen Wolken zum Vorschein kommt. Die langen Fenster mit ihren kleinen Balkonen wirken wie neugierige Augen, die die Welt beobachten. Und hinter all den Gebäuden ragt eine mittelalterliche Burg hervor, die der Gegend einen märchenhaften Anblick verleiht.
Als sich Marisa beim Laufen wieder auf ihren Körper konzentriert, bemerkt sie einen Heißhunger auf frische Auberginen. Dieser Kohldampf wird von Minute zu Minute stärker. Da sie zu Hause kein Gemüse mehr hat, beschließt sie spontan welches zu kaufen. Ohne nachzudenken, geht Marisa in den nächsten Gemüseladen, den sie findet.
Wie sie den kleinen Laden betritt, wird sie von einer Frau gegrüßt, die ein rundes Gesicht und kurzes,

schwarzes Haar hat. Freundlich entgegnet Marisa den Gruß, ehe sie sich aufmerksam umschaut. Was sie sieht ist verblüffend, denn die Qualität des Gemüses ist vollkommen außergewöhnlich. Die Kartoffeln, Tomaten, Gurken, Zucchini und Paprika sind zwar kleiner als die, die sie im Supermarkt kaufen kann; dennoch sehen sie frischer aus und duften, wie sie duften sollten. Dagegen ist das Gemüse aus dem Supermarkt eher geruchsneutral und schmeckt wässrig. Doch diese Tomaten riechen wie *richtige* Tomaten. Diesen Duft kennt Marisa aus ihrer Kindheit, denn als sie etwa fünf Jahre alt war, brachte ihre Mutter frische Tomaten nach Hause. Es war ein Geschenk einer Freundin, dessen Eltern Bauern waren. Diese Tomaten hatten ein besonderes Aroma und schmeckten hervorragend.

In diesem Laden duftet das Gemüse geradezu authentisch: Die Tomaten haben einen leichten penetranten, stechenden Geruch; die Champignons riechen waldig und würzig; die gelben Paprika riechen süßlich – die anderen eher herzhaft; die Karotten riechen noch ein wenig nach Erde, mit einem süßlich-herben Duft. Ja, der gesamte Laden gleicht einer Oase unvergleichlicher Aromen und würziger Frische.

Nachdem Marisa den Laden ein wenig begutachtet hat, schaut sie sich nach Auberginen um, welche sie erwartungsgemäß schnell findet. Auch diese sind kleiner als die vom Supermarkt. Dennoch riechen sie nicht nur würzig; denn zusätzlich glänzen die unversehrten Oberflächen, als seien sie poliert worden. Hastig nimmt Marisa eine Plastiktüte und legt die zwei größten Auberginen hinein, die sie finden kann. Während ihr Blick weiterhin über das einzigartige Gemüse wandert, geht sie zur Kasse. Dort wird sie von der kräftigen, kleinen Verkäuferin erwartet, die Marisa die ganze Zeit über beobachtet hat.

»Haben Sie gefunden, was Sie wollten?«

»Ja, das habe ich! Das ist ja wirklich ein erstaunlicher Laden! Ich habe noch nie so frisches, aromatisches Gemüse gesehen«, erklärt Marisa, während sie der Verkäuferin in die Augen blickt. Nach dem Äußeren zu urteilen, ist diese Frau etwa zwanzig Jahre älter als sie.

»Das liegt daran, dass wir es selbst angebaut haben«, erzählt die Frau stolz. »Wir haben nämlich einen kleinen Familienbetrieb. Meine Eltern und Verwandten besitzen eigene Felder, auf denen wir unser Gemüse anbauen. Wir nutzen natürliche Mittel, um Schädlinge fernzuhalten und verzichten daher auf Insektizide. Und sobald das Gemüse reif ist, ernten wir es selbst. Außerdem besitzen wir mehrere Gewächshäuser, die es uns ermöglichen, selbst bei niedrigeren Temperaturen Gemüse zu ernten. Die Winter sind nämlich in letzter Zeit außergewöhnlich kalt. – Und unsere Kunden lieben das Gemüse! Ja, selbst Touristen kommen immer wieder, um bei uns einzukaufen. Seltsamerweise sind Sie momentan die einzige Kundin hier. Normalerweise ist es so hektisch, dass ich mich nicht mit Ihnen unterhalten könnte. Kunden, die Fragen zum Gemüse haben, müssen üblicherweise warten, bis ich mit Kassieren fertig bin. Manchmal bin ich sogar so überfordert, dass ich es gar nicht merke, wenn jemand Gemüse stiehlt und ungeschoren davonkommt. Meine Verwandten sind aber so sehr mit unseren Feldern beschäftigt, dass sie keine Zeit haben, mir zu assistieren«, stöhnt die Verkäuferin während Marisa aufmerksam zuhört. »Ach! Ich weiß gar nicht, warum ich Ihnen all dies erzähle. So etwas sieht mir gar nicht ähnlich. Es ist mir furchtbar peinlich, dass ich Ihnen mein Leid ausgeschüttet habe. Ich weiß gar nicht, was in mich gefahren ist!«

»Das ist schon in Ordnung. Ich kann es gut nachvollziehen, dass Sie und Ihre Familie überfordert sind.«

»Ach ja!«, seufzt die Verkäuferin. »Wir machen so guten Umsatz, dass wir es uns leisten könnten, zusätzliches Personal einzustellen. Abends, wenn ich den Laden schließe, ist kaum noch Gemüse übrig, weil so viel gekauft worden ist. Und jeden Morgen müssen wir die Regale wieder auffüllen, damit unsere begeisterten Kunden wieder frisches Gemüse bekommen. Jetzt müssen wir sogar noch mehrere Hektar Land kaufen, damit wir noch mehr Gemüse anbauen können und wir dadurch der wachsenden Nachfrage standhalten können. Dazu brauchen wir dann noch Angestellte, die uns bei der Ernte helfen. Da wir noch nicht genau wissen, wie viel Geld wir investieren müssen, hat mein Vater – der übrigens der Inhaber unseres Betriebes ist – er hat beschlossen, dass ich hier im Laden erst mal allein zurrecht kommen muss.«

Während die Verkäuferin redet, nimmt Marisa den Kummer und ebenfalls den Stolz dieser Frau wahr. Außerdem scheint sie sehr offen und gutmütig zu sein. Durch all die Schleier von Ängsten und Wünschen meint Marisa sogar den Schimmer einer gewaltigen Kraft zu erspähen. Dennoch ist sie sich nicht sicher, ob es bloß Einbildung ist. – Ist es denn tatsächlich möglich, an Fehlern und ‚falschen Ichs' vorbeizuschauen, um die wahre Natur eines anderen Menschen zu sehen? – Doch das ist noch lange nicht alles: Eigenartigerweise fühlt sich Marisa mit dieser Frau so stark verbunden, als wäre sie eine alte Freundin. Nachdem sich die Verkäuferin ausgesprochen hat, nimmt sie reumütig – als täte es ihr leid, über ihre Probleme geredet zu haben – die Tüte mit Auberginen zur Hand und legt diese auf die Waage.

»Das macht dann einen Euro und acht Cent.«

Während Marisa das Geld raussucht, ringt sie verzweifelt nach Worten, mit denen sie die Frau aufmuntern könnte. Doch leider kommt ihr nichts Passendes in den Sinn. Da sie dennoch etwas sagen möchte, sagt einfach das, was ihr gerade einfällt.

»Ich arbeite momentan als Angestellte in einem Supermarkt. Ich weiß, wie hektisch es sein kann, wenn viele Kunden unter Zeitdruck einkaufen.«

»Ach! Sie arbeiten in einem Supermarkt?«, bemerkt die Verkäuferin neugierig.

»Ja! Wenn ich nicht gerade an der Kasse sitze, fülle ich die Regale mit Konservenbüchsen.«

»Ach ja! Gefällt Ihnen die Arbeit?«

»Na ja…mittlerweile ist alles nur noch Routine. Doch der Job wäre angenehmer, wenn meine Kolleginnen nicht so oberflächlich wären.«

»Wieso? Was ist denn mit denen?«

»Eigentlich nichts! Seit einigen Tagen beschäftige ich mich mit dem Buddhismus und rede mit einem buddhistischen Lehrer. Seitdem findet eine meiner Kolleginnen, dass ich komisch geworden sei. Es hieß, ich solle aufpassen, dass mich niemand umbringt – da ich ja angeblich so unheimlich bin.«

»Das ist ja furchtbar! Ich habe zwar keine Zeit, mich mit anderen Religionen zu befassen – aber das, was ich über den Buddhismus gelesen und gehört habe, ist sehr interessant. Warten Sie! Ich will Ihnen etwas zeigen!«

Die dunkelhaarige Frau verschwindet kurz in einem Nebenraum, worauf sie mit einem Zettel in der Hand wieder zum Vorschein kommt.

»Diesen Spruch habe ich mir an die Pinnwand gehängt. Ich lese ihn jeden Morgen, um mich auf den Stress vorzubereiten.« Um den Spruch abzulesen, wandern ihre Augen zum Zettel. »*Lob und Tadel, Nutzen und Schaden, Lust und Leid kommen und gehen wie der Wind. Um glücklich zu sein, ruhe wie ein großer Baum mitten unter ihnen allen.*« Die Verkäuferin schaut wieder auf. »Ich weiß nicht warum; aber dieser Spruch gibt mir sehr viel Ruhe. Wenn ich mir bei all der Hektik vorstelle, ich würde wie ein Baum ruhen und den Stress an mir vorbeiziehen lassen, fühle ich mich pudelwohl in meiner Haut. Außerdem gibt es mir die Gelassenheit, die ich brauche, um mit allem fertig zu werden.«

»Das ist schön. Das freut mich!«, erwidert Marisa aufrichtig.

»Wissen Sie was? Bringen Sie doch einfach mal Ihren Lebenslauf vorbei. Wenn mein Vater damit einverstanden ist, eine Gehilfin für mich einzustellen, werde ich mich sofort bei Ihnen melden. Dann brauchen Sie auch keine Angst mehr zu haben, umgebracht zu werden!«, zwinkert ihr die Verkäuferin zu.

»Wie lange ist ihre Kündigungsfrist?«

»Laut Arbeitsvertrag, muss ich mich an die üblichen neunzig Tage Kündigungsfrist halten.«

»Oh! Das ist aber lange. Heute Abend werde ich meinem Vater so lange die Ohren voll jammern, bis er mir erlaubt Sie einzustellen. Und sobald Sie unsere Zusage bekommen, könnten Sie ihren Job im Supermarkt kündigen.«

»Das ist wirklich nett von Ihnen! Meinen Lebenslauf bringe ich Ihnen in den nächsten Tagen vorbei. Jetzt muss ich aber los. Ich bin spät dran...«

»Wiedersehen! Und alles gute wünsche ich Ihnen!«, ruft ihr die Verkäuferin zu.

»Bis dann!«, entgegnet Marisa, als sie hastig den Laden verlässt. Dabei wird sie beinahe von einigen Leuten umgerannt, die voller Begeisterung den Gemüseladen betreten wollen.

In der Einkaufspassage, dreht sich Marisa nach dem Laden um. Mit Erstaunen stellt sie fest, dass dort mehrere Leute hineingehen. Die Verkäuferin hatte Recht: Da herrscht ein gewaltiger Ansturm! Seltsamerweise war niemand anderes dort, als sie sich mit der Frau unterhielt. Und vielleicht sollte das auch so sein...

Vergebung

»Wie erging es dir mit deiner letzten Aufgabe?«, fragt Lama Njima mit einem tiefgründigem Lächeln.

»Ich weiß es nicht genau. Ich habe eine offenherzige Frau kennengelernt. Zunächst habe ich nur ihren Stolz und ihren Kummer gesehen. Doch dann glaubte ich in ihr eine Kraft zu erkennen. Gleichzeitig habe ich mich ihr gegenüber sehr verbunden gefühlt. Ich weiß jedoch nicht, ob es bloß Einbildung war. Bei meinem Hund schaffe ich es leichter, seine wahre Natur wahrzunehmen. Dabei muss ich sogar manchmal vor Freude lachen, weil sein höheres Ich so lustig ist.«

»Das liegt wohl daran, dass Menschen ein viel stärkeres Ego haben. Tiere haben auch ein Ego, das ihnen dabei hilft, sich ihren Artgenossen gegenüber durchzusetzen. Schließlich müssen sie sehr hart ums Überleben kämpfen. Dennoch ist ihr Ego nicht sehr komplex und ausgeprägt. Außerdem scheinen Tiere sehr stark mit ihrem Körper und ihrem wahren Wesen verbunden zu sein. Das würde erklären, warum ihr Instinkt, sowie ihre Wahrnehmung viel feiner und sensibler ist. Sie wittern Unwetter und Naturkatastrophen mehrere Stunden im Voraus, wogegen ego-bezogene Menschen mehr mit sich selbst und ihren Zielen beschäftigt sind. Und dies führt dazu, dass manche Leute ihre Umgebung überhaupt nicht richtig wahrnehmen. Ich nehme an, dass die wahre Natur eines Tieres nicht allzu stark verschleiert ist. Und deshalb ist es bei ihnen leichter, durch die Trübung hindurchzusehen. Doch mit mehr Übung wird es dir bei Menschen bestimmt bald leichter fallen. Wenn es dir gelingt, die liebevolle Natur deiner Mitmenschen *öfter* wahrzunehmen, als dessen Fehler; wirst du dich nicht mehr so häufig über andere ärgern. Außerdem entstehen auf diese Weise viel tief-gründigere Freundschaften, die weder auf Anhaften, noch auf Nutzen beruhen.«

»Oh je...«, seufzt Marisa, wobei sie reuevoll ihren Blick senkt.

»Was ist los?«, fragt Lama Njima besorgt.

»Ich kam mit der Frau ins Gespräch – das heißt, ich wusste zunächst nicht, was ich sagen sollte. Doch dann erzählte ich ihr, dass ich als Kassiererin in einem Supermarkt arbeite; und dass ich weiß, wie hektisch es sein kann, wenn viele Kunden unter Zeit-druck einkaufen. Dummerweise erwähnte ich noch, dass ich momentan Probleme mit meinen Kolleginnen habe. Und kurz darauf wollte mich die Frau sogar als Gehilfin einstellen. Am Ende versicherte sie mir, dass sie mit ihrem Vater darüber sprechen würde. Und da-bei habe ich nicht mal nach einem Arbeitsplatz gefragt! Ich wünsche mir zwar, woanders arbeiten zu können – aber ich wollte nicht...ach...jetzt habe ich sie auch noch ausgenutzt!«

»Ich wüsste nicht was dagegen spricht, sich einen angenehmen Arbeitsplatz zu wünschen, an dem man mit netten Menschen zusammenarbeitet. Solange deine Freundschaft nicht einzig und allein darauf ba-siert, diesen Arbeitsplatz zu bekommen, ist alles in Ordnung. Eine Freundschaft sollte nicht aus Eigennutz bestehen; sondern es geht vielmehr darum, dass wir den Freund mögen, wie er ist. Wir sollten über Fehler hinwegschauen und den wahren, gütigen Menschen sehen. Es geht um Respekt, Mitgefühl und Verständnis dem anderen gegenüber. Zwischen zwei Egos kann niemals wahre Freundschaft entstehen, da das Ziel dieser beiden Einheiten vollkommen eigennützig ist. Deswegen: Wenn du demnächst wieder mit dieser Frau sprichst, so denke nicht an den Job; sondern konzentriere dich auf das Liebevolle an ihr und lerne es zu schätzen. Hast du Fragen?«

»Ja! Haben Hunde auch ein Karma?«

»Ja, sicherlich! Buddhisten glauben daran, dass Menschen auch als Tiere wiedergeboren werden, und umgekehrt. Ja, selbst als Pflanzen oder Bäume können wir wiedergeboren werden. Und bei jeder Wiedergeburt nehmen wir das Karma mit. Doch nur im menschlichen Körper gelingt es uns, unser Karma aufzulösen und Glückseligkeit zu erlangen. Solange wir unseren Körper als Werkzeug besitzen, sollten wir daher jede Minute nutzen, uns vom Leid zu befreien. In anderen Worten: Ein Tier schafft es nicht, sein Karma aufzulösen, da es seinen Geist nicht trainieren kann. Deshalb muss es sein ganzes Leben lang die Last des Karmas tragen. Leider sieht es bei vielen Menschen ähnlich aus, da sie nicht wissen, *wie* sie sich vom Leid befreien können.«

»Armer Ronaldo!«

»Du kannst ihm das Leben leichter machen, indem du ihm viel Verständnis, Mitgefühl und Liebe zeigst. Nun aber zur heutigen Aufgabe! Diese hat einiges mit dem letzten Thema gemeinsam. Denn es geht um Vergebung. Wenn wir es schaffen, die wahre und wohlgesinnte Natur eines Menschen wahrzunehmen, fällt es uns leichter, Fehler zu akzeptieren. Und wenn wir uns dazu noch vom Leid befreien und somit keine verletzten Gefühle mehr haben, gelingt das Verzeihen umso leichter. Vergebung ist nicht zu erzwingen, denn sie kommt von allein. Zwei wichtige Dinge musst du für das Verzeihen beachten: Du musst dir der wahren, liebevollen Natur des Menschen bewusst werden. Wenn du dir zusätzlich klar machst, dass schlimme Taten selten aus freiem Willen begangen werden, lässt dein Groll nach. Denn oft sind alte Verhaltensweisen aktiv, wodurch Menschen wie programmierte Roboter handeln. Das heißt; wenn dir ein Roboter ein Glas Wasser bringt und dieses fallen lässt, dann liegt dies an einer fehlerhaften Programmierung. Demnach ist nicht der Roboter der wahre Übeltäter – sondern die falsche Programmierung! Denn sobald das Karma unser Handeln bestimmt, handeln wir gewissermaßen blind und unkontrolliert. Der Betreffende weiß zwar was er tut, aber in dem Moment ist ihm nicht bewusst, dass dies die falsche Reaktion ist. Die alte Programmierung suggeriert ihm sogar, dass er richtig handelt und dass es keine bessere Verhaltensweise gibt. Daher hat er in dem Moment keinen freien Willen und auch keinen Einfluss auf sein Handeln. Hast du bis hier hin Fragen?«

»Nein. Ich habe alles verstanden.«

»Sehr gut! Ich erkläre dir jetzt noch, wieso das Ego ein altes Denkmuster ist: Der fortwährende Zwang, sich über Eigenschaften zu definieren, liegt einer sehr alten Angewohnheit zugrunde. Die ersten Menschen mussten um ihre Existenz ringen, indem sie gegen bedrohliche Tiere kämpften. Im Laufe der Zeit wurde der Mensch anhand der Fähigkeiten bewertet, die sein Überleben sicherten. Auch Besitztum war ein Zeichen für Macht und Stärke. So lernten die Menschen äußere Umstände als Definition ihrer Selbst zu betrachten. Ein Mensch, der Gold besaß, behauptete sich als reicher Mann. Über die Gene wurde dieses Verhalten von einer Generation auf die nächste übertragen. Deshalb ist unser Ego, das wir jeden Tag aufzuwerten versuchen, ein Teil unseres Karmas. Es ist ein Überlebenstrieb und ein uraltes Denk- und Verhaltensmuster. In unserem Karma sind also extreme Existenzängste verankert, die uns in negative Handlungen verstricken. Sobald wir uns in unserer Existenz bedroht fühlen, schaltet sich automatisch ein altes Programm ein. Wenn unserem Karma zusätzlich noch eine gewalttätige Tendenz zugrunde liegt, kann der Existenzkampf äußerst brutal werden. Viele Kriege wurden geführt, weil Menschen mehr Macht und Bodenschätze gewinnen wollten. Obendrein hat das Karma absolute Kontrolle über uns, sobald wir uns mit unseren programmierten Denkweisen identifizieren. Doch wenn du deine Zukunft nicht vorauszuplanen versuchst und du dich nicht selbst definierst, verliert dein Karma die Macht über dich. Wenn du dich aber dem weltlichen Streben hingibst, erblindest du. Mit ,erblinden' meine ich nicht, dass du dein Augenlicht verlierst. Vielmehr verlierst du deine Bewusstheit. Denn in dieser Verfassung merkst du gar nicht, welches Unheil du anrichtest. In dem Moment, in dem Kriminelle eine Straftat begehen, sind ihnen die Folgen ihrer Tat nicht bewusst. Deshalb ist ein Sicherheitsabstand von diesen Leuten überaus nützlich. Im Grunde sind Straftäter Menschen, die sich ebenfalls nach Glück sehnen. Dennoch schaffen sie es nicht, aus ihrer Blindheit zu erwachen, da sie von ihrem weltlichen Streben nicht ablassen können. Stattdessen halten sie an der Illusion fest, dass sie mit Hilfe ihrer Macht und ihres Geldes Glückseligkeit finden. Die Tatsache, dass sie sich noch nicht vom Leid befreien können, ist sehr traurig. Es ist sogar *so* traurig, dass wir mit ihnen mitfühlen können. Mitgefühl hat übrigens nichts mit Mitleid zu tun. Mitleid heißt, dass wir mit anderen Menschen leiden. Doch wir wollen nicht *leiden*, sondern das Leid auf dieser Welt verringern. Mitgefühl bedeutet, dass du mit der anderen Person mitempfinden kannst, ohne selbst in Leid zu verfallen. Aus diesem Mitgefühl entspringt wahre Vergebung. Nur deine liebevolle, ungetrübte Natur kann aufrichtiges Mitgefühl empfinden. Somit vergibt dein wahres Ich dem anderen Wesen, das im Grunde auch die Buddha-Natur in sich trägt. Vergiss dies nie!«

»Was ist die Buddha Natur?«

»Mit Buddha-Natur meine ich die wahre Natur des Geistes; oder vielmehr den erleuchteten und ungetrübten Geist. Es ist das wahre Wesen jedes Menschen. Und dies gilt es in sich selbst und in anderen Leuten zu erkennen. Als Hausaufgabe schlage ich vor, du versuchst das wahre Wesen deiner Kollegin wahrzunehmen. Um das zu tun, brauchst du nicht mit ihr zu reden. Es genügt, wenn du sie kurz anschaust und dich ohne Blickkontakt in sie hineinversetzt. Selbst über große Entfernungen können wir die wahre Natur eines Menschen erkennen. Wir können sogar den

Schmerz wahrnehmen, der vom Karma verursacht wird. Ich bin sicher, du wirst dieser Frau vergeben können, wenn du ihren Schmerz siehst. Doch vergiss nicht, dass du Vergebung nicht erzwingen kannst. Außerdem darfst du nicht mit ihr *leiden*, sondern nur mitfühlen. In Ordnung?«

»Ja, super! Danke!«, schluchzt Marisa, die sich ihre Tränen von den Wangen wischt. Aus irgendeinem Grund haben Lama Njimas Worte zutiefst ihr Herz berührt.

Leichtigkeit

Am nächsten Tag, als Marisa an der Kasse sitzt, erinnert sie sich plötzlich an ihre Hausaufgabe. Sie wollte doch heute versuchen, ihrer blonden Kollegin zu verzeihen. Mit zittrigen Händen schleift Marisa die Verpackungen über den Scanner, die ein Kunde auf das Fliesband gelegt hat. Ihr bangt es davor, sich in diese Frau einzufühlen. Während sie überlegt, wie sie ihre Aufgabe am besten umsetzen könnte, erscheint auch schon die eitle Kollegin in ihrem Blickfeld. Pflichtbewusst sortiert diese Frau Cornflake-Packungen in ein Regal. Dabei steht sie so, dass sie Marisa den Rücken zudreht. Als schließlich kein Kunde mehr an Marisas Kasse steht, schaut sie nochmals zu ihrer Kollegin, die noch immer mit Einsortieren beschäftigt ist. Kurz darauf wendet sie ihren Blick zum dunklen Fliesband und versucht etwas zu empfinden. Schon bald ist Marisa der Auffassung, die finanziellen Sorgen dieser Frau spüren zu können. Dem Anschein nach überlegt diese gerade, wie sie als allein erziehende Mutter ihr Kind durchbringen kann. Doch das kann nicht sein! Ein Kind hat sie nie erwähnt! Als sich Marisa wieder auf ihre Empfindungen konzentriert, scheint es ihr, als wäre die Kollegin außerordentlich unzufrieden mit sich selbst. Immer deutlicher erkennt Marisa den Schmerz, von dem die Kollegin geplagt wird. Zu ihrer Verwunderung empfindet sie schlagartig Mitgefühl für diese schlecht gelaunte Blondine. In Marisas Augen ist diese Frau nun ein trauriges Wesen, das verzweifelt um das eigene Überleben und um das ihrer kleinen Tochter kämpft. Hat sie denn überhaupt eine Tochter? Auf jeden Fall ist Marisas Zorn spurlos verschwunden. Wie kann sie sich über eine Frau ärgern, die derart unter Existenzängsten leidet? Gar nicht!

Da Samstag ist, hat Marisa ihre Schicht bereits gegen Mittag beendet. Im Umkleideraum trifft sie die Kollegin, die die Spätschicht übernimmt. Sehr viele Jahre arbeitet diese Frau schon in dem Supermarkt. Sie ist sogar mit der mürrischen, blonden Kollegin befreundet, mit der Marisa Schwierigkeiten hat.

»Ana, wie heißt Martas Tochter?«, fragt Marisa schüchtern.

Die große, dunkelhaarige Kollegin sieht sie erschrocken an.

»Woher weißt du, dass Marta eine Tochter hat?«

»Ach, das habe ich irgendwann mal von jemandem gehört. Ich weiß bloß nicht mehr von wem.«

»Sie heißt Alessia. Wieso fragst du?«

»Ach, ich war nur neugierig. Ich finde es schade, dass Marta kaum mit mir redet. Ich glaube, sie kann mich nicht ausstehen. Und ich weiß nicht mal wieso!«

»Wir finden dich eben eigenartig!«

»Wieso denn?«

»Na, du redest nie über Kerle wie alle anderen Frauen. Deshalb glauben wir, dass du lesbisch bist. Außerdem trägst du einfache Kleidung und immer dieselben Schuhe. Du siehst aus wie Aschenputtel! Du legst überhaupt keinen Wert auf dein Aussehen. Und das finden wir äußerst merkwürdig. Geschminkt siehst du bestimmt viel schöner aus…Ach, ich weiß nicht – du bist eben eigenartig!«

»Andere Sachen sind mir halt wichtiger als mein Aussehen.«

»Was denn zum Beispiel? Du scheinst dich ja für gar nichts zu interessieren.«

»Wichtig ist mir mein innerer Frieden und das Wohlergehen anderer Lebewesen.«

»Hältst du dich etwa für die Retterin der Menschheit?«

»Nein! So etwas denke ich gar nicht erst«, entgegnet Marisa mit überraschender Gelassenheit. »Ich meine nur, dass es wichtig ist, inneren Frieden zu finden. Außerdem verstehe ich nicht, warum Menschen nicht in Harmonie zusammenleben können.«

Ana schaut sie einige Sekunden lang sprachlos an.

»Du scheinst eine Träumerin zu sein!«

»Im Gegenteil: Ich *war* eine Träumerin. Doch jetzt träume ich nicht mehr! Alles ist mir vollkommen bewusst«, erklärt Marisa voller Selbstvertrauen.

Ohne eine Antwort hierauf zu finden, starrt die Kollegin ihre Gesprächspartnerin verwundert an. Schließlich gelingt es ihr doch noch, ein paar Worte aus ihrem Mund hervorzubringen.

»Ich versteh' kein Wort! Du solltest mal zum Psychologen gehen!«, mault Ana, ehe sie Marisa demonstrativ den Rücken zukehrt und hastig den Umkleideraum verlässt.

Normalerweise wären Marisas Gefühle jetzt derart verletzt, dass sie weinen könnte. Doch seltsamerweise strotzt sie geradezu vor Selbstvertrauen. Eine fremde Kraft scheint sie vor sämtlichem Schmerz zu bewahren. Obendrein wird ihr bewusst, dass sie aufgehört hat, alles persönlich zu nehmen. Sie hegt keinerlei Zorn mehr gegen Menschen, die beleidigend werden. Außerdem scheint sie nicht nur der eitlen Marta vergeben zu haben, sondern auch ihren anderen Kolleginnen.

Mit einem fröhlichen Lächeln im Gesicht zieht Marisa ihren Kittel aus und nimmt ihre Handtasche aus dem Schließfach. Hektisch eilt sie durch die Hintertür, um zur Bibliothek zu sprinten. Ihren Lebenslauf möchte sie dort elektronisch verfassen, bevor die öffentliche Einrichtung nachmittags schließt. Nachdem sie in überfüllten Regalen nach einem aktuellen Sachbuch über Bewerbungen gestöbert hat, wird sie fündig. Gelassen setzt sie sich schließlich an einen freien Computer, um ihren Lebenslauf zu erstellen.

Jenseits jeglicher Bewertung

»Und? Wie geht es dir heute?«, fragt Lama Njima lächelnd, nachdem er ein kurzes Gebet gesprochen hat.

»Seltsamerweise geht es mir viel besser als es mir gehen sollte.«

Lama Njima lacht auf diese Bemerkung hin.

»Erkläre mir, was du damit meinst.«

»Nun...ich glaube, dass es mir gelungen ist, meiner Kollegin zu vergeben. Danach habe ich noch mit einer anderen Kollegin gesprochen. Auch ihre Worte waren ziemlich verletzend. Und seltsamerweise hat es mir überhaupt nichts ausgemacht. Ich habe keinerlei Schmerz empfunden! Das liegt wohl auch daran, dass ich nichts persönlich genommen habe. Meine Ansicht habe ich auch nicht zwanghaft verteidigen wollen. Zwar habe ich meinen Standpunkt klargemacht, indem ich ihre Fragen beantwortet habe. Aber ich habe mir keine Mühe gegeben, verstanden zu werden. Als ich ihr geantwortet habe, habe ich weder Wut noch Groll empfunden. Meine Worte waren einfach nur sachlich und sie kamen von Herzen.«

»Und was hat sie dich gefragt?«

»Sie wollte wissen, welche Dinge mir im Leben wichtiger sind als mein Aussehen. Ich antwortete, dass ich Harmonie zwischen Menschen und inneren Frieden wichtiger finde. Außerdem glaubt sie, ich sei eine Träumerin. Ich erklärte ihr, dass ich zwar mal eine Träumerin war, aber dass ich es jetzt nicht mehr bin. Ich habe gemerkt, dass sie nicht verstanden hat, wovon ich rede. Doch anstatt wütend auf sie zu sein, tat sie mir eher leid. Außerdem ist mir bewusst geworden, dass mein eigener Wert nicht davon abhängt, wie andere Menschen mich sehen. Meinen Arbeitsplatz habe ich heute in so heiterer Stimmung verlassen, dass ich mich über mich selbst gewundert habe. Trotzdem habe ich noch viele Fragen. Warum versteht mich niemand? Und dann ist noch etwas Seltsames passiert: Als ich mich in die eine Kollegin hineinversetzt habe, meinte ich mitzubekommen, dass sie sich um jemanden Sorgen macht. Es kam mir vor, als hätte sie eine kleine Tochter. Um herauszufinden, ob sie wirklich ein Kind hat, habe ich mit der anderen Kollegin gesprochen. Und das eigenartige daran ist, dass sie tatsächlich eine Tochter hat! Wie ist es möglich, dass ich so etwas merke?«

»Meistens nehmen wir genau das wahr, was der andere verstecken will. Wenn sich jemand minderwertig fühlt, bekommen wir diese Schwäche eher zu spüren als die Stärken. Menschen mit finanziellen Sorgen versuchen ihre Schwäche zu überspielen, indem sie mit teuren Gegenständen angeben und prahlen. Doch feinfühlige Menschen merken, dass es bloß eine Schau ist. Offensichtlich hat sich deine Kollegin so sehr bemüht, ihre Probleme zu vertuschen, dass du ihre größte Sorge mitbekommen hast. Möglicherweise hatte sie sogar in dem Moment an ihre Tochter gedacht, als du dich in sie hineingefühlt hast. Dadurch fand wohl eine Art Gedankenübertragung statt. Hin und wieder kommt es nämlich vor, dass jemand etwas ausspricht, woran jemand anderes denkt. Ist dir so etwas schon mal passiert?«

»Ja! Das war seltsam! Im Supermarkt mussten wir einmal Kühltruhen umstellen. Doch an der Stelle, wo die Truhen hinkommen sollten, befanden sich keine Steckdosen. Als wir darüber nachgedacht haben, wie wir das Problem angehen, behauptete eine Kollegin, dass ihr die Lösung bereits eingefallen sei. Bevor sie uns jedoch ihre Idee verriet, schaute sie mich an. Ich bekam plötzlich eine Art Geistesblitz und aus meinem Mund schossen die Worte, die meine Kollegin aussprechen wollte. Das war garantiert Gedankenübertragung!«

»Ja! Solche Phänomene sind zwar sehr selten; dennoch treten sie hin und wieder auf. Dazu muss sich aber mindestens eine beteiligte Person absolut in der Gegenwart aufhalten; und die andere muss sich mitteilen wollen. Der klare und befreite Geist nimmt viel mehr wahr als der getrübte und eingenommene. Trotzdem wirst du niemals die Gedanken sämtlicher Menschen wahrnehmen können. Bei den vielen Gedanken, die den Leuten durch den Kopf gehen, wärst du sonst maßlos überfordert. Deshalb ist und bleibt dieses Phänomen relativ selten. Im Normalfall spürst du, ob ein Mensch etwas Positives oder Negatives denkt. Hast du hierzu noch Fragen, bevor ich deine andere Frage beantworte?«

»Nein. Alles bestens!«

»Nun zu der Frage, warum dich manche Leute nicht verstehen. Die Botschaft, wie wir permanente Glückseligkeit finden können, wurde schon vor tausenden von Jahren verbreitet – unter anderem von Jesus und Buddha. Doch diese Lehre wurde von den wenigsten Menschen verstanden. Hätten es alle nachvollziehen können, gäbe es heutzutage keine leidenden, sondern nur noch glückliche Menschen. Die Gründe dafür, warum die Lehre nicht verstanden wurde, sind oftmals Hochmut, ein verschleierter Geist und eine verzerrte Wahrnehmung der Realität. Außerdem wurden Weisheiten leider allzu oft aus Eigennutz verdreht. Selbst heutzutage gibt es Menschen, die alte Weisheiten so interpretieren, wie es für ihr weltliches Streben am günstigsten ist. So wird zum Beispiel die buddhistische Karma-Lehre von Zuhältern missbraucht, die Mädchen verschleppen und zur Prostitution zwingen. Den jungen Frauen wird eingeredet, sie hätten im vorherigen Leben schlimme Sünden begangen, die sie nun büßen müssten. Um sozusagen ihr schlechtes Karma auszugleichen, sollen sie nun seelische Qualen und Freiheitsberaubung über sich ergehen lassen. So etwas Derartiges hat Buddha *nie* verkündet. Von den Zuhältern wird die Karma-Lehre falsch ausgelegt, damit sie ihr unrechtes Handeln rechtfertigen können; und damit sie auf einfache Art und Weise Geld verdienen. Selbst wenn eines dieser Mädchen ein schlechtes Karma haben sollte, dann macht sie sich ihr Leben selbst zur Hölle. Menschen mit schlechtem Karma bestrafen sich nämlich selbst, ohne es zu merken. Denn sie leiden unter Trauer, Angst und Zorn. Es bedarf demnach keiner fürchter- lichen Umstände, um unglücklich zu sein. Zur angeb- lichen Strafe fügen aber Menschen ihren Mitmenschen eine Tortur zu, die *niemand* auf dieser Welt verdient. Es erschüttert mich, wenn ich sehe, wie Weisheiten für eigennützige Zwecke zurechtgedreht werden, wodurch andere leiden müssen. Weisheiten sollten nicht ver- letzen, sondern zur Glückseligkeit führen. Der Zweck einer Religion dient der Befreiung vom Leid. Wenn eine Religion beängstigend ist, liegt es nicht an der ursprünglichen Lehre, sondern an den Menschen, die sie verzerrt und verdreht haben. Deshalb: Wenn du jemandem helfen möchtest, dann konzentriere dich einzig und allein darauf, diesen Menschen vom Leid zu befreien; und nicht darauf, dein eigenes Selbstwert- gefühl zu stärken. Außerdem darfst du nichts sagen, das anderen Menschen Angst einjagen könnte. Denn der Weg zur Erleuchtung sollte nicht aus Angst er- folgen, sondern aus der Entschlossenheit, sich selbst vom Leid zu befreien. Ein spiritueller Lehrer, der seinem Schüler Angst macht, ist *kein* spiritueller Lehrer. Die Effektivität eines Lehrers können wir daran messen, wie schnell sich der Schüler von Angst und Trauer befreien kann. Außerdem ist es an der Dank- barkeit des Schülers zu erkennen, wie gut ein Lehrer ist. Noch einmal zurück zu deiner Frage: Wenn du jemandem sagst, dass dir innerer Frieden wichtiger sei als dein Aussehen, dann kann das dein Gesprächs- partner eventuell nicht nachvollziehen. Verstehen können dich nur Menschen, die nicht allzu sehr an weltlichen Dingen haften und die nicht fortwährend in ihrer eigenen Gedankenwelt gefangen sind. Ich weiß jedoch nicht, warum es einigen Menschen nicht gelingt, das Streben ihres Egos aufzugeben. Leider wachen einige von ihnen erst auf, nachdem sie etwas sehr Schlimmes erlebt haben. Durch den Verlust von Eigentum oder einer geliebten Person bricht nämlich ihre kreierte Welt Stück für Stück auseinander. Erst wenn ihr fiktives Selbstbild zerstört ist, können sie ihre wahre Natur wahrnehmen. Und von dem Tag an können sie die ungetrübte Realität erkennen. Obendrein gelingt es ihnen, spirituelle Lehren zu verstehen. Doch solange sie zu materialistisch denken und weltlichen Dingen nacheifern, bleibt ihnen dieses Verständnis verwehrt. Hast du noch Fragen?«

»Nein. Das war wirklich einleuchtend!«

»Gut! Und nun noch ein kleines Lob an dich: Es freut mich, dass du es geschafft hast, deiner Kollegin zu vergeben. Außerdem ist es dir gelungen, ohne Zorn auf eine Provokation zu reagieren. Das war eine hervorragende Leistung! Durch dein wachsendes Mitgefühl wirst du innerlich ruhiger und stärker. Dennoch musst du wissen, dass Vergeben nicht bedeutet, dass du erneutes Unrecht dulden sollst. Wenn du extrem unbewussten Menschen vorerst nicht ausweichen kannst, solltest du ihnen gegenüber deine Grenzen klarmachen – jedoch in aller Ruhe, ohne Wut und ohne verletzende Worte. Manchmal müssen wir anderen Menschen in ruhigem Ton klar machen, welches Verhalten wir nicht dulden. Wenn dich jemand – ungeachtet deiner Grenzen – absichtlich schikaniert, dann reagiere in keiner Weise und übe Geduld. In Ordnung?«

»Ja!«

»Ich werde übrigens in drei Tagen abreisen. Uns bleibt deshalb nur noch Zeit für zwei weitere Gespräche. Kannst du morgen Abend kommen, da morgen Sonntag ist?«

»Ja! Morgen habe ich viel Zeit!«

»Gut! Ich schlage vor, du bekommst morgen deine letzte Hausaufgabe. Und während unserem letzten Treffen am Montagabend, hast du noch die Gelegenheit Fragen zu stellen. Bist du damit einverstanden?«

»Ja! Das ist toll!«

»Schön! Deine heutige Aufgabe bezieht sich auf das Bewerten anderer Menschen. In unserer Gesellschaft werden fremde Menschen vor allem aufgrund ihres Aussehens und Verhaltens bewertet. Diese landen dabei allzu oft in einer mentalen Schublade, in die sie nicht hineingehören. Versuche dich selbst dabei zu ertappen, wie du andere bewertest. Und versuche fremden Menschen stets unvoreingenommen zu begegnen. Hast du Fragen?«

»Nein. Ich habe alles verstanden!«

»Dann wünsche ich dir noch viel Spaß dabei, deine neue Aufgabe auszuprobieren!«

Der eigenartige Tag

Für einen Sonntag ist dieser Tag ziemlich seltsam und deprimierend. Dazu regnet es auch noch in Strömen! Wie bei einem tropischen Regen prasseln riesige Tropfen nieder und verwandeln Verkehrswege in seichte Flüsse. Auf den Wiesen bilden sich riesige Pfützen und über geteerte Straßen wird schmutziges Wasser von den Hügeln hinuntergeschwemmt. Glücklicherweise ist es nicht hoch genug, um Kellerräume zu fluten.

Während ihrem kurzen Spaziergang werden Marisa und Ronaldo vollkommen vom Regen durchnässt. Als Marisa wieder ihre Wohnung betritt, trocknet sie zunächst ihren Hund mit einem großen Handtuch ab und schlüpft daraufhin in trockene Kleidung. Als sie sich Frühstück zubereitet, fällt Ronaldo über eine saftige Portion Hundefutter her. Wie üblich versucht Marisa beim Essen ihren Kopf zu befreien. Dennoch schweift sie immerzu in Gedanken ab, wobei sie sich jedes Mal ertappt. Nach dem Geschirrspülen setzt sie sich gelangweilt auf die Couch und Ronaldo, der sich wahnsinnig über seine Streicheleinheiten freut, sitzt auf ihrem Schoß und schmiegt sich an sein Frauchen. Nachdenklich schaut Marisa zum Fenster: Dunkle Wolken bedecken den Himmel, während der starke Regen gegen die Fensterscheiben schlägt. Dem Anschein nach gibt es nichts Schöneres als bei dem Wetter in einer trockenen Wohnung zu sitzen und mit einem Hund zu kuscheln.

Marisa schließt ihre Augen und lauscht den Regentropfen, die gegen Fensterbank und Fensterscheiben klopfen. Hin und wieder hört sie Vögel zwitschern, die sicherlich Schutz unter Dächern oder Blättern gefunden haben. Marisa liebt den Klang des prasselnden Regens, der so eine beruhigende Wirkung mit sich bringt. Es scheint ihr, als würde jeder Tropfen ihre Seele berühren und sämtliche Sorgen fortspülen. Sie wünschte, sie könnte dem Regen jeden Tag lauschen. Doch leider sind alle Dinge im Leben vergänglich. Schlimmes im Laufe der Zeit verwelken zu sehen ist eher eine Wohltat, wogegen es bei schönen Dingen viel schwieriger ist, loszulassen. Marisa wird sich dessen bewusst, dass der Regen zwar irgendwann nachlassen wird; das wunderbare Gefühl jedoch, das sie von den beruhigenden Klängen bekommt, kann sie jederzeit in sich selbst wachrufen. Und dazu muss sie lediglich ihren Kopf von Gedanken befreien. Denn wenn sie von all den Gewohnheiten ablässt, die sie unglücklich machen, dann ist ihr der innere Frieden gewiss. Selbst der stressige Alltag mag dann genauso beruhigend sein wie der Klang der prasselnden Regentropfen. Denn ohne seelische Qualen sieht die Welt ganz anders aus. Gütige Menschen erscheinen in ihrer wahren Natur und hasserfüllte Menschen sind einfach nur bedauernswert. Während Marisa den Regentropfen lauscht und ihren Geist von Gedanken befreit, nimmt sie ihre eigene liebevolle und glückselige Natur immer deutlicher wahr. Ehe sie sich versieht, entsteht in ihrem Körper ein riesiger Raum aus Licht und Lebensfreude.

Nach einiger Zeit öffnet Marisa wieder ihre Augen, wobei sie weiterhin Glückseligkeit empfindet. Sie beobachtet, wie der zusammengerollte Ronaldo friedlich neben ihr auf der Couch liegt und schläft. Marisas Blick wandert langsam zur Wanduhr: Es ist bereits zwei Uhr nachmittags. Wenn sie abends mit Lama Njima über ihre Hausaufgabe sprechen möchte, sollte sie bald etwas unternehmen. Demotiviert wandern ihre Augen von der Uhr über diverse Kunstdrucke, über die Kochnische, bis zum Fenster. Und noch immer ist der Himmel von düsteren Wolken bedeckt, wobei der Regen ebenso stark ist wie zuvor.

Marisa graut es davor, ihre warme, trockene Wohnung zu verlassen. Dennoch möchte sie unbedingt Menschen begegnen. Sie will prüfen, ob sie fremde Leute auf Anhieb bewertet und ob sie von dieser Gewohnheit ablassen kann. Träge streckt sie sich, wodurch Ronaldo wach wird und übereifrig von der Couch springt. Als sich Marisa den Regenmantel überzieht und zur Hundeleine greift, freut sich der Jack-Russel-Terrier auf den Spaziergang. Doch zu seiner Enttäuschung, wird das ein überaus kurzer und nasser Ausflug im Regen. Wieder in der Wohnung angekommen, rubbelt das Frauchen den geliebten Hund trocken, bevor sie ihn alleine in der Stube zurücklässt. Doch Marisa ist ebenso wenig darüber erfreut, dass sie aufgrund des Wetters ohne Ronaldo losziehen muss.

Im strömenden Regen rennt sie die Straße entlang. Weit und breit ist keine Menschenseele zu sehen. In der Hoffnung, doch noch jemanden anzutreffen, eilt sie in Richtung Frauenkirche. Einer Geisterstadt gleichend, sind sämtliche Gassen und Plätze trostlos verlassen. Als wäre dies nicht schon unangenehm genug, stürzen urplötzlich Hagelkörner vom Himmel, die beinahe so groß sind wie Tennisbälle. Voller Entsetzen sprintet Marisa zur Frauenkirche, wo sie Zuflucht findet. In der relativ dunklen Eingangshalle nimmt sie ihren nassen Regenmantel ab, faltet ihn und legt ihn sich über den Arm. Schüchtern geht sie in die Kirche hinein. Es ist viele Jahre her, seitdem sie das letzte Mal in einem Gotteshaus war.

Auf der linken Seite zündet gerade eine ältere Frau eine Kerze an und betet. Marisa bemüht sich, keinerlei Bewertung in ihrem Kopf zu formulieren. Während sie die Kirche bewundert, geht sie an mehreren Kirchenbankreihen vorbei. Die gewölbte Decke ist in Blau-, Weiß- und Goldtönen bemalt. Einige Männer und Frauen sitzen in den vordersten Reihen und beten. Marisa gibt sich Mühe, diese Menschen nicht im Geringsten zu bewerten. Gelassen setzt sie sich auf eine freie Bank und bewundert die meisterhafte Verzierung des goldenen Altars. Zur Verschönerung befinden sich darauf diverse Blumen,

Kerzen und die Skulptur einer betenden Madonna. Zu dessen Füßen sitzen mehrere Engel, die zur Jungfrau Maria aufblicken.

Schließlich schließt Marisa ihre Augen und faltet ihre Hände zum Gebet. Innerlich rezitiert sie das Vater Unser, als sie von einer flüsternden Stimme überrascht wird. Schlagartig öffnet Marisa die Augen und blickt verblüfft in das Gesicht der Gemüseverkäuferin, die sie diese Woche kennengelernt hat.

»Das ist ja eine Überraschung, dass ich Sie hier finde! Oh! Ich hoffe ich habe Sie nicht gestört!«

»Äh…nein! Ich bin sowieso nur hier, weil ich nicht vom Hagel erschlagen werden wollte«, scherzt Marisa lachend.

»Darf ich mich kurz zu Ihnen setzen?«, flüstert die Verkäuferin freundlich.

»Ja gern«, entgegnet Marisa leise, ehe sie zur Seite rutscht, um der Frau Platz zu machen.

»Ich bin jeden Sonntag in dieser Kirche. Ich bete immer für verstorbene Familienangehörige und natürlich auch für die, die noch leben. Oft zünde ich eine Kerze für jemanden an, der Hilfe braucht. Na ja… wie das halt so ist…«

Marisa bemüht sich, aufmerksam zuzuhören und darauf zu achten, ob sie die Frau bewertet. Deshalb weiß sie zunächst nicht, was sie sagen soll.

»Ich habe übrigens mit meinem Vater gesprochen«, führt die Frau mit gesenkter Stimme fort. »Bereits am Freitag hat er neues Land gekauft. Jetzt muss er nur noch Leute einstellen, die ihm beim Anbauen und Ernten helfen. Aber mittlerweile weiß er, wie viel er investieren muss. Glücklicherweise bleibt uns noch genug Geld, um eine Gehilfin zu beschäftigen. Mit all dem will ich eigentlich nur sagen, dass wir Sie einstellen möchten. Der Formalität halber bräuchte ich nur noch ihren Lebenslauf. Einen schriftlichen Arbeitsvertrag habe ich gestern vorbereitet. Den können Sie am Montag abholen – das heißt, falls Sie immer noch Interesse haben, in unserem Laden zu arbeiten...«

»Äh...ja natürlich! Ich bin überrascht, dass die Entscheidung so schnell getroffen wurde.«

»Na ja, Sie haben ja auch eine lange Kündigungsfrist und ich wünsche mir so schnell wie möglich eine Gehilfin. Immerhin bitte ich Gott schon seit einem Jahr darum. Ich bin froh, dass Gott meine Gebete endlich erhört hat. Es ist geradezu ein Wunder, dass ich Sie kennengelernt habe. Aufmerksame Menschen wie Sie sind so selten.«

»Äh...was meinen Sie damit?«

»Sie können aufmerksam zuhören und geben mir das Gefühl etwas Besonderes zu sein.« Die Verkäuferin lächelt. »Noch nie hat mir jemand so viel Respekt entgegengebracht wie Sie!«

»Ach ja?«, flüstert Marisa verwundert.

»Auf jeden Fall sind Sie ein wertvoller Mensch! Und ich würde mich freuen, wenn Sie morgen wegen dem Job vorbeikommen könnten.«

»Ja, das mache ich. Den Lebenslauf habe ich schon ausgedruckt. Ich wollte ohnehin am Montag vorbeikommen. Und ich danke Ihnen, dass Sie sich für mich eingesetzt haben. Das weiß ich wirklich sehr zu schätzen!«

»Ach, gern geschehen! Das war doch das mindeste, was ich für Sie tun konnte, wo Sie doch von Ihren Kolleginnen so schlecht behandelt werden!«

»Ach, ich hätte mich schon irgendwie durchgeboxt...«

»Nicht doch! Ich finde, Sie haben einen besseren Arbeitsplatz verdient als den im Supermarkt. Außerdem glaube ich, dass es Gottes Wille ist. Es war bestimmt kein Zufall, dass Sie vorbeigekommen sind, als ich genug Zeit hatte, um mit Ihnen zu reden. Ich hoffe, wir sehen uns morgen! Ich muss jetzt nämlich gehen...mein Mann wartet auf mich.«

»Ja! Auf jeden Fall komme ich morgen vorbei. Und danke für alles!«

»Ach, gern geschehen. Bis morgen!«

»Ja, bis morgen!«, erwidert Marisa flüsternd.

Das war doch zu schön, um wahr zu sein! War all dies am Ende doch nur ein Traum?

Impulse

Während Lama Njima ein kurzes Gebet spricht, schaut sich Marisa in dem Raum um, in dem sie sich gerade befindet. Hier war sie nie zuvor: Decke und Wände sind mit gelben Stoffen bedeckt. Doch im Gegensatz zu den anderen Räumen, die mit Buddha-Skulpturen dekoriert sind, ist dieser vollkommen leer.

»Nun, wie geht es dir? Konntest du testen, ob du andere Menschen bewertest?«

»Mir geht es sehr gut! Bei dem Wetter war es schwierig jemanden anzutreffen! Als es zu Hageln anfing, rannte ich in eine Kirche, in der sich einige Leute aufhielten. Ich habe mir große Mühe gegeben, niemanden zu bewerten. – Übrigens habe ich dort die Gemüseverkäuferin getroffen. Sie sprach mich an, nachdem sie mich in der Kirche bemerkt hatte. Sie erzählte mir, dass sie mich als Gehilfin einstellen möchte. Total begeistert war sie von mir! Sie behauptete, ich sei ein wertvoller Mensch und dass aufmerksame Menschen selten wären und so weiter. Sie verhielt sich so eigenartig, dass ich sie am Ende doch noch bewertet habe. Denn ich bin der Meinung, dass sie übertrieben hat und ein wenig verrückt ist.«

»Du glaubst nicht, dass sie die Wahrheit ausgesprochen hat? Und du bezweifelst, dass sie dich einstellen möchte, weil du ihr sympathisch bist? – Weißt du, es gibt nicht viele Menschen, die aufmerksam zuhören können. Vielleicht gibst du ihr das Gefühl, etwas Besonderes zu sein. Du hast nämlich ihre wahre Natur erkannt. Das heißt, du hast ihren wirklichen Wert bemerkt. Ich bin mir sicher, dass diese Frau jedes Wort ernst meinte. Glaubst du noch immer, dass sie übertrieben hat?«

»Ehrlich gesagt, ja!«

»Das kommt vielleicht daher, dass du raue Sitten gewohnt bist. Ich nehme an, im Kinderheim wurdest du sehr schlecht behandelt. Und in dem Supermarkt, in dem du momentan arbeitest, scheint es nicht besser zu sein.«

»Ja, das stimmt! Die Zeit im Kinderheim war schrecklich. Und der Arbeitsplatz im Supermarkt ist die reinste Hölle. Lob bekomme ich dort nie zu hören. Dazu sind meine Kolleginnen viel zu oberflächlich! Mit denen konnte ich noch nie warm werden.«

»Gut, in der Vergangenheit musstest du Schlimmes erdulden. Doch das Vergangene solltest du nun loslassen. Mit alten Grundsätzen, Meinungen und Verhaltensweisen brauchst du dich nicht mehr aufzuhalten. Lerne einfach das Alte gehen zu lassen und nimm das Neue an. Es gibt durchaus Menschen, die in dir eine wertvolle Freundin sehen – so wie es weiterhin Leute geben wird, die dich für geistesgestört halten. Denn Menschen, deren Wahrnehmung verzerrt ist, können deinen Wert nicht erkennen. Anstatt die nette Gemüseverkäuferin zu bewerten, könntest du darüber nachdenken, warum du an ihren Worten zweifelst. Denn die Wahrnehmung der Realität wird oft von misstrauischen Gedanken verzerrt. Erinnerst du dich an das Beispiel mit dem Mann, der als Kind von einem Hund angegriffen wurde und später andere Hunde quält?«

Marisa nickt schüchtern.

»Der Mann kann weder die harmlose Situation, noch den lieben Hund erkennen, da alte Denkmuster die Realität verzerren. Das heißt, dieser Mensch kann nicht mehr klar denken. Blind folgt er einem alten Programm, da sein Verhalten von der Vergangenheit geprägt ist. Mit deiner *alten* Denkweise, kannst du nicht verstehen, warum Menschen plötzlich nett zu dir sind. Selbst gutherzigen Menschen gegenüber bist du misstrauisch. Deine Lebenserfahrung brauchst du nicht, um Menschen und Situationen einzuschätzen. Im Gegenteil! Denn sobald deine Wahrnehmung *unge-trübt* ist, kannst du Begebenheiten in ihrer *wahren*

Natur erkennen. Harmlose Situationen wirst du als solche entlarven, sowie du ernsthaft gefährliche Umstände als solche wahrnehmen kannst. Doch dazu benötigst du eine ungetrübte Sicht der Realität. – Findest du immer noch, dass diese Frau übertrieben hat?«

»Nein! Ich glaube, das lag wirklich an mir. Diese Frau hat normalerweise keinen Grund, mich anzulügen. Am Montag werde ich sehen, was im Arbeitsvertrag steht…aber ich kann mir nicht vorstellen, dass etwas nicht mit rechten Dingen zugeht. Im Gegenteil! Dort habe ich keine Schichtarbeit mehr! Im Supermarkt muss ich nämlich manchmal bis Mitternacht arbeiten.«

»Noch etwas: Wenn du fremden Menschen auf der Straße begegnest, so achte nicht nur darauf, ob du sie bewertest; sondern auch darauf, ob bei dir alte Denkmuster oder negative Emotionen aktiv werden. So kannst du dir ein erweitertes Bewusstsein antrainieren. Hast du noch Fragen zur vorherigen Aufgabe?«

»Nein. Das war sehr aufschlussreich. Ich danke dir.«

»Gut«, entgegnet Lama Njima lächelnd. »Nun kommen wir zur letzten Übung! Oft handeln Menschen, nachdem sie ihr Vorhaben bis ins kleinste Detail geplant haben. Hier ist ein Beispiel: Bevor jemand seinen Urlaub in einem fremden Land verbringt, plant er welche Museen er besucht und welche Sehenswürdigkeiten er sich anschaut. Doch nicht immer verläuft alles nach Plan! Denn der Tourist kann mit einmal eine Autopanne haben oder ein Bus fährt ohne ihn ab. Und schließlich gerät der gesamte Tagesplan ins Schleudern. Ideen und Vorstellungen können wir im wirklichen Leben selten umsetzen. Vorauszuplanen, was wir sagen und wie wir handeln, ist meist pure Zeitverschwendung. Wir denken zwar, dass wir alles kontrollieren und planen können. Doch im Grunde ist dieser Gedanke eine Illusion. Vielmehr sollten wir auf unseren Instinkt vertrauen. Dieser wird meist vom permanenten Denken getrübt. Im Gegensatz zu Menschen, folgen Tiere viel eher ihrem Instinkt. Sie sind

134

uns in diesem Hinblick weit überlegen, denn bereits Stunden vor einer Naturkatastrophe wissen sie, dass sie sich in Sicherheit bringen müssen. Währenddessen folgen Menschen lieber ihrem geplanten und geregelten Alltag. So kommt es, dass ein Mann die Titanic betritt, obwohl er vorausahnt, dass dieses Schiff sinken wird. Er setzt sich diesem Risiko aus, weil er einen wichtigen Termin nicht absagen will. Doch nachdem der Mann dann ertrunken ist, hat er es genauso wenig zu dem angeblich wichtigen Termin geschafft. – Wären wir flexibeler und wachsamer, würden wir Impulse wahrnehmen. Ein Impuls ist eine Art Eingebung, die wir ganz spontan spüren. Wenn unser Körper beispielsweise Vitamine benötigt, so verspüren wir das Bedürfnis Obst zu essen. Doch solche Impulse richten sich nicht nur auf Nahrung, sondern auf viele weitere Aspekte des Lebens. Wenn du aus heiterem Himmel den Impuls verspürst, jemanden anzurufen, ohne vorher darüber nachgedacht zuhaben; dann heißt dies, dass die Zeit nun reif für dieses Telefonat ist. Zunächst ist uns der Grund für eine instinktive Handlung unklar. Erst nach einiger Zeit verstehen wir, warum es klug war, auf den Instinkt zu vertrauen. Aber einen wahren Impuls kannst du *nur* wahrnehmen, wenn dein Karma nicht aktiv ist. Das heißt, du musst deine Gedanken anhalten, um deinen Instinkt bemerken zu können. Oft sagen mir Leute, dass sie auf ihr Bauchgefühl vertrauen. Doch im Bauch tummeln sich ebenfalls die negativen Emotionen des Karmas. Erst wenn das Karma *nicht* mehr aktiv ist, bist du für authentische Eingebungen empfänglich. Deine heutige Hausaufgabe besteht also darin, diese Impulse ausfindig zu machen und danach zu handeln. Eventuell bist du schon mal einem Impuls gefolgt, ohne es zu wissen. Denn heute hat dich wohlmöglich dein Instinkt zur Gemüseverkäuferin geführt. Übrigens, die intensivere Art und Weise, wie wir vom Instinkt – beziehungsweise vom Bewusstsein – Informationen übermittelt bekommen, sind Vorahnungen in Form von Träumen, Visionen oder Gefühlen. Hast du hierzu noch Fragen?«

»Nein. Ich glaube, ich habe alles verstanden.«

»Dann wünsche ich dir hierbei viel Erfolg! Und wir sehen uns morgen wieder!«

»Ja, bis morgen!«

Beide erheben und verabschieden sich, worauf Marisa traurig den Raum verlässt und sich langsam dem Ausgang nähert. Sie kann sich nicht mit dem Gedanken abfinden, dass dies bereits ihr vorletztes Gespräch mit Lama Njima war. Wie wird sie wohl ohne ihren spirituellen Lehrer zurechtkommen?

Das Unglück

Am nächsten Tag ist es zwar noch stark bewölkt und düster, dennoch regnet es nicht mehr. Wie jeden Montagmorgen begibt sich Marisa auf den Weg zur Arbeit. Dabei muss sie eine abenteuerliche Kreuzung überqueren. Da auf der vierspurigen Hauptverkehrsstraße starker Verkehr herrscht, geht Marisa üblicherweise zur Ampel und wartet geduldig darauf, dass diese auf grün umspringt. Als sie nun geistesgegenwärtig auf dem Gehweg verharrt, sieht sie in der Ferne einen Doppeldeckerbus in freier Fahrt über die äußerste rechte Spur rasen. Da der Bus noch weit von der Ampel entfernt ist und demnach noch viel Zeit zum Bremsen hat, denkt sich Marisa nichts dabei. Sobald die Fußgängerampel grün zeigt, läuft sie mit einigen anderen Passanten über die linke Spur. Aufmerksam achtet sie auf jeden Schritt und auf die Bewegungen ihrer Muskeln.

Doch schlagartig passiert etwas sehr eigenartiges, denn innerhalb weniger Sekunden sieht sie eine halbtransparente Erscheinung: Der Doppeldeckerbus schnellt bei *rot* über die Kreuzung, wobei der Busfahrer anderen Wagen auszuweichen versucht. Bei dieser Aktion gerät der große Bus ins Schleudern und prallt gegen ein fahrendes Auto. In kürzester Zeit kommt es zu einer Karambolage und dennoch will der Omnibus einfach nicht stehen bleiben. In großer Geschwindigkeit schnellen die vom Bus erfassten Autos seitwärts auf Marisa zu. Zunächst verspürt sie einen gewaltigen Schmerz an ihrer rechten Seite, als ein Wagen seitlich gegen sie prallt. Sie merkt, wie sie das Gleichgewicht verliert und zu Boden fällt. Das Auto, mit dem sie kollidiert ist, wird über sie hinweg geschleift, bevor Marisa einen gewaltigen Druck auf ihrem Arm und schließlich auf ihrem Bauch verspürt. Ihre Organe werden von einem schauderhaft schweren Gewicht erdrückt, als sie von den Reifen des Busses erfasst wird.

Im Verlauf der halbtransparenten Vision hält Marisa inne. Schließlich bemerkt sie, dass sie sich noch immer mitten auf der vierspurigen Straße befindet. Mit Entsetzen sieht sie, wie der Omnibus bei rot über die Ampel braust. Während ihre Gedärme noch erheblich schmerzen, schlägt ihr vor Schreck das Herz bis zum Hals. Mit einer ruckartigen Bewegung macht sie auf dem Absatz kehrt und sprintet in panischer Angst und mit der Geschwindigkeit einer Raubkatze zu der Straßenseite zurück, von der sie ursprünglich gekommen ist. Von da aus stürmt sie auf eine angrenzende Wiese, bevor sie ihren Blick zur Straße wendet und Augenzeugin eines schrecklichen Ereignisses wird.

Der riesige Bus schwankt, als er scheinbar über ein Hindernis fährt. Der Busfahrer versucht ruckartig nach links auszuweichen, wobei der wuchtige, doppelstöckige Omnibus zur Seite kippt und einige Autos unter seinem Gewicht begräbt. Marisa vernimmt unendlich viele Hilfeschreie, während sie ihr Herz pochen hört. Sie steht derart unter Schock, dass sie sich nicht bewegen kann.

Von da an nimmt sie alles in Zeitlupe wahr. Die lauten Schreie werden tiefer und ausgedehnter. Im Schneckentempo kommen einige Menschen aus ihren Autos hervor. Obwohl sie alle unter Schock stehen, gelingt es einigen von ihnen, ein Mobiltelefon in ihren zittrigen Händen zu halten und den Notruf zu wählen. Ungewöhnlich langsam klettert ein Mann auf den Bus, der vergeblich versucht die Tür zu öffnen. Gedehnte Schreie dröhnen in Marisas Ohren, bevor sie ein scharfes, stechendes und dennoch lang gezogenes Geräusch vernimmt. Marisa nimmt an, dass einer der überlebenden Bus-Insassen eine Fensterscheibe eingeschlagen hat. Und tatsächlich klettern daraufhin erschöpfte Menschen in Zeitlupe aus dem Bus. Die traumatisierten Passagiere zittern am ganzen Leib. Sie haben offene Wunden, wodurch ihre Kleidung blutbeschmiert ist. Weitere schockierte Unfallopfer steigen aus ihren Wagen. Viele von ihnen stützen sich an ihren Fahrzeugen ab, während sie verzweifelt nach Luft schnappen.

Marisa bemerkt, dass ihr Bauch nicht mehr schmerzt. Ihr Körper ist unversehrt, doch ihre Knie sind so weich wie Götterspeise. Sie können Marisas Gewicht nicht länger standhalten, wodurch die junge Frau auf die Wiese stürzt. Sobald sie auf dem grasbedeckten Boden aufschlägt, hört sie die Schreie der Verwundeten wieder klar und deutlich; und zwar ohne Zeitverzerrung. Von der Seitenlage aus sieht sie, wie einige Menschen vor Schock ziellos hin und her irren. Andere jedoch versuchen spontan den Opfern zu helfen. Außerdem hat dieses schreckliche Ereignis Schaulustige angezogen, die sich nun auf dem Bürgersteig ansammeln und somit Marisas Sicht versperren. Schon bald ertönen die heulenden Sirenen mehrerer Krankenwagen. Marisa versucht aufzustehen – doch dazu fehlt ihr momentan die Kraft. Ihr gesamter Körper zittert vor Entsetzen.

Ein junger Mann in Anzug und Krawatte beugt sich über sie. Seine großen, dunkelbraunen Augen blicken ihr voller Mitgefühl ins Gesicht.

»Ist mit Ihnen alles in Ordnung?«

»Äh…ja. Ich glaube ich stehe unter Schock. Ich bin zu schwach, um aufzustehen.«

»Warten Sie! Ich helfe Ihnen!«

Der Mann packt ihren linken Arm, bevor er mit der anderen Hand ihre rechte Schulter greift und Marisa sachte auf die Beine hilft.

»Können Sie stehen?«

»Ich versuch' s.«

Als Marisa schwankt, packt er sie bei den Schultern.

»Ich selbst stehe auch ein wenig unter Schock. Aber sonst geht es mir gut. Ich stand an der Ampel dort drüben und habe mitbekommen, wie der Bus die rote Ampel überfahren hat. Ich habe auch gesehen, wie Sie in letzter Minute zum Bürgersteig zurück gerannt sind. Sie hatten Glück! Die anderen Fußgänger haben leider nicht so schnell reagiert. Einige von ihnen waren glücklicherweise schon auf der anderen Straßenseite angekommen. Aber die anderen hat es schwer erwischt.«

»Aus irgendeinem Grund habe ich so etwas kommen sehen.«

»Es war gut, dass Sie so schnell reagieren konnten!«

»Ja!«, erwidert Marisa nachdenklich. Aus ihrem Gesicht streift sie sich das Haar, das ihr vom Wind in die Augen geweht worden ist.

»Ich schlage vor, Sie warten darauf, dass Sie von einem Sanitäter untersucht werden«, rät ihr der junge Mann. »Sie stehen nämlich noch unter Schock! Und ich bezweifle, dass sie jetzt zur Arbeit gehen können.«

»Ach was! Die Rettungsärzte haben momentan viel schlimmere Notfälle, um die sie sich kümmern müssen. Ich komme schon irgendwie zurrecht.«

»Sie stehen unter Schock, genau wie viele weitere Menschen hier! Nach den Sirenen zu urteilen, sind sehr viele Krankenwagen unterwegs. Sicherlich wird irgendwann ein Notarzt für Sie Zeit haben. Wir müssten jedoch zur Straße laufen, damit die Sanitäter Sie sehen können.«

»Ach was! Lassen Sie es gut sein.«

»Nein! Sie können jetzt nicht einfach weiterlaufen und so tun, als sei nichts geschehen.«

Trotz Marisas Widerwillen, hilft ihr der junge Mann bis zur Straße. Währenddessen bemühen sich Sanitäter und Feuerwehrleute, die verletzten Passagiere aus dem Bus zu befreien. Aus einem zertrümmerten Auto, direkt vor ihnen, versuchen Rettungsleute einen Schwerverletzten zu bergen. Bei all dem Chaos sind einige Polizisten darum bemüht, die Unfallstelle abzusperren, um Schaulustige fernzuhalten. Einer der Beamten nähert sich ihnen mit ernster Miene.

»Waren Sie in den Unfall verwickelt oder wollen Sie bloß zuschauen?«, fragt der Polizist mit einer rauen, dominanten Stimme.

»Wir sind in den Unfall verwickelt«, erklärt der junge Mann im Anzug. »Ich saß in dem Auto dort drüben, als all dies geschah. Diese junge Frau hier wollte die Straße überqueren und ist in letzter Minute zum Bürgersteig zurückgerannt. Sie steht mächtig unter Schock!«

»In Ordnung. Sie können hier warten! Aber alle anderen Herrschaften, die hier versammelt sind, möchten bitte wo anders hingehen! Dies ist schließlich ein Unfallort und kein Zoo!«

Während die Polizei Barrikaden aufstellt, geht Marisa langsam auf ein unversehrtes Auto zu und lehnt sich dagegen.

»Sie sind außerordentlich bleich im Gesicht«, stellt der junge Mann bekümmert fest.

»Ja! Mir geht es auch nicht gut. Ich kann mir das nicht länger ansehen!«

Marisa richtet ihren Blick auf die umliegenden Häuser. Mit zitternden Händen holt sie ihr Mobiltelefon aus der Handtasche und wählt eine eingespeicherte Nummer.

»Ja, hallo! Hier ist Marisa. Ich bin in einen schlimmen Unfall verwickelt. Und ich stehe noch unter Schock. Ich befürchte, dass es noch einige Zeit dauern wird, bis ich zur Arbeit kommen kann…In Ordnung! Vielen Dank!«

»Hoffentlich haben Ihre Vorgesetzten Verständnis dafür!«, bemerkt der hilfsbereite Mann.

»Ja. Die haben mir sogar den ganzen Tag frei gegeben. Ich muss mir nur noch eine Bescheinigung vom Notarzt geben lassen.«

»Na sehen Sie! Das wird schon wieder… Übrigens, ich heiße Alvaro.«

»Ich bin Marisa. Vielen Dank, dass du mir geholfen hast«, erwidert sie, während sich beide zur Bekanntmachung die Hände reichen.

Marisa unterhält sich mit Alvaro und wartet geduldig auf einen Sanitäter.

Mit Hilfe eines Hubwerkes kann die Feuerwehr schließlich den Doppeldeckerbus aufrichten. In den Autos, die darunter begraben wurden, befindet sich kein einziger Überlebender.

Lange Zeit später kommt ein Rettungsarzt auf Marisa zu. Dieser überprüft ihren Puls und Blutdruck.

»Sie haben Glück, dass Sie sich im letzten Augenblick noch retten konnten. Ihr Blutdruck ist ein wenig überhöht und ihr Puls ist noch etwas beschleunigt. Können Sie denn wieder laufen und stehen?«

»Ja, das geht wieder.«

»Wenn Sie möchten, gebe ich Ihnen eine Beruhigungsspritze.«

»Nein, danke! Nicht nötig! Dennoch brauche ich eine Bescheinigung für den Arbeitgeber.«

»Ja! Kein Problem!«

Der Sanitäter füllt einen Vordruck aus, den er Marisa daraufhin in die Hand gibt.

Die Wegweiser

Nachdem Marisa ihren Lebenslauf im Gemüseladen abgeben und ihren Arbeitsvertrag abgeholt hat, befindet sie sich nun im Buddhistischen Zentrum. Zu Beginn der Lektion spricht Lama Njima ein leises Gebet.

»Nun, wie geht es dir?«, erkundigt sich der Lehrer lächelnd.

»Na ja…ich fühle mich heute ziemlich eigenartig. Ich stehe immer noch etwas unter Schock.«

»Unter Schock?«, entgegnet Lama Njima überrascht.

»Ja! Ich war heute Morgen in einen Unfall verwickelt. Das war sehr eigenartig! Wie jeden Morgen bin ich an einer Kreuzung über die Ampel gegangen. Und plötzlich kam es mir vor, als würde ein Bus bei rot über die Kreuzung rasen und gegen mehrere Autos krachen. Doch anstatt stehen zu bleiben, schob der Bus alle anderen Fahrzeuge vor sich her. Dann spürte ich starke Schmerzen und verlor mein Gleichgewicht, wodurch ich auf die Straße gefallen bin. Und als dann noch Reifen über mich hinwegfuhren, hatte ich höllische Schmerzen! Doch die ganze Zeit über, während glaubte diese Dinge zu erleben, stand ich wie angewurzelt mitten auf der Straße und starrte den Bus an, der dann auch tatsächlich über die Ampel sauste. Einerseits war ich vor Angst wie gelähmt – doch andererseits wusste ich, was passiert, wenn ich nicht auf der Stelle wegrenne. Ganz spontan bin ich also wieder zum Bürgersteig zurück gerannt. Von einer Wiese aus habe ich den schlimmen Vorfall beobachtet. Das war furchtbar! Habe ich den Unfall herbeigeführt, indem ich in mir vorgestellt habe?«

»Gewiss nicht! Es handelt sich hierbei um Präkognition. Er war eine Vorahnung! Dieses Phäno men können wir auch an harmlosen Ereignissen beobachten. Wenn dir zum Beispiel ein Buch aus der Hand fällt, das kurz darauf auf deinem Fuß landet, kannst du unter Umständen mehrere Sekunden vorher erahnen, wohin es fällt. Zeitgleich spürst du exakt denselben Schmerz, den du später empfindest, nachdem das Buch tatsächlich auf deinen Fuß gefallen ist. Währenddessen scheint das Ereignis selbst in Zeitlupe abzulaufen. Dabei wird die Zeit gedehnt und verläuft langsamer als gewöhnlich. Anders verhält es sich mit der Vorahnung, die sich überaus geschwind abspielt. Das Ereignis selbst und die Präkognition verlaufen in unterschiedlichen Zeitdimensionen und in verschiedenen Geschwindigkeiten. – Vorahnungen erscheinen wie halbtransparente Visionen vor unserem geistigen Auge. Sie wirken so real, dass der Körper darauf reagiert. Ich weiß nicht, ob du während dem Schlaf schon mal etwas geträumt hast, wobei du körperliche Empfindungen wahrgenommen hast. Würdest du träumen, dass dir ein Buch auf den Fuß fällt, könntest du den Schmerz an der Stelle spüren, wo das Buch aufprallt. Hattest du schon mal einen Traum, der so real schien, dass du ihn auch körperlich miterlebt hast?«

»Ja, ich hatte schon viele Träume, in denen ich alles mitempfunden habe. Wie ist so etwas möglich? Wie kann ich etwas spüren, dass nie stattgefunden hat?«

»Der Körper reagiert auf alles, was real scheint. Er reagiert auch auf Gedanken. Deshalb schlägt dein Herz schneller, wenn du an etwas Unangenehmes denkst. Denn anhand der Gedanken meint dein Körper in Gefahr zu sein und reagiert dementsprechend. Und wenn du denkst du seiest krank, dann glaubt das dein Körper ebenfalls. Nun noch einmal zurück zu dem Thema Präkognition. Deine Vorahnung kam aus einer Dimension, in der du tatsächlich verletzt wirst. Deshalb wirkte alles derart real, dass du Schmerzen empfinden konntest. Doch in dieser Dimension hast du die Gelegenheit bekommen, dich zu retten. Und da du diese Chance genutzt hast, bist du noch am Leben. Deine Vorahnung hat nichts mit Einbildung zutun. Denn dein Bewusstsein war für kurze Zeit so weit ausgedehnt, dass es Informationen aus einer anderen Dimension einholen konnte. Fast alles, was sich Sekunden später bewahrheitet hat, konntest du schon vorher wahrnehmen. Menschen können ein Ereignis sogar mehrere Wochen im Voraus erahnen. Das kommt daher, dass unser Bewusstsein in andere Dimensionen reist, während wir schlafen. Dabei kann es unter anderem auch die Zukunft sehen. Doch oft treten Präkognitionen erst kurz vor einem Ereignis ein. Hast du bis hierhin Fragen?«

»Nein. Das war einleuchtend!«

»Gut…Oft wird vermutet, dass etwas stattfindet, gerade weil wir es uns gewünscht haben. Doch unsere Vorstellungen und Wünsche haben nicht so viel Macht wie wir es gerne hätten. Hätten wir wirklich so viel Einfluss, könnten wir das Wetter selbst bestimmen. Hinter allem was passiert, scheint eine viel höhere Intelligenz zu stecken. Demnach gibt es keine Zufälle! Alles passiert aus einem bestimmten Grund und alles ist bis ins Detail vorausgeplant. Selbst die Zukunft steht schon fest, wovon wir nur Bruchteile erahnen können. Hier ist ein Beispiel: Wie du weißt, möchtest du dich vom Leid befreien. Doch dies wünschst du dir nicht etwa, weil dir langweilig ist, sondern weil dein Leben für dich unerträglich geworden ist und du mit deinem Schmerz nicht mehr leben kannst. Weil du leiden *musstest*, konnte dieser Wunsch überhaupt erst entstehen. Hättest du nie gelitten, wärst du jetzt nicht hier. Jedes Ereignis hat ein weiteres Ereignis zur Folge. Für jede Kleinigkeit gibt es eine Reihe von Ursachen. Selbst der Unfall hatte bestimmt mehrere Ursachen. Dieser hat sich vielleicht ereignet, weil die Bremsen des Busses abgenutzt waren. Und diese waren eventuell abgenutzt, weil keine technische Sicherheitskontrolle stattfand. Wahrscheinlich wollte der Betrieb Kosten sparen und so weiter… Außerdem bezieht sich das Gesetz der Kausalität auch auf Vorahnungen. Denn eine Prophezeiung kann dazu führen, dass sich genau das ereignet, was vorausgesagt wurde. Ein gutes Beispiel hierfür ist die Geschichte von Moses. Es hieß, dass eine Sklavin einen Sohn gebären würde, der das Volk Israel von der Sklaverei befreit. Aus Angst davor, die Prophezeiung könnte sich bewahrheiten, lies der Pharao sämtliche Jungen töten. Doch eine Hebräerin versteckte ihren Sohn in einem Korb, den sie den Fluss entlang treiben lies. Daraufhin wurde dieser Sprössling von der Tochter des Pharaos gefunden. Sie nahm ihn als ihren Sohn auf, wodurch Moses im alt Ägyptischen Königshaus aufwuchs. Als er Erwachsen war, sah er wie ein ägyptischer Aufseher einen Hebräer schlug. Ohne zu zögern tötete Moses diesen Ägypter. Und aus diesem Grund war er gezwungen zu fliehen, wobei er Jahre später an den Berg Horeb gelangte. Dort erhielt er die Offenbarung, dass er nach Ägypten zurückkehren soll, um das Volk Israel von der Knechtschaft zu befreien. Und schließlich ereignete sich genau das, was der Pharao verhindern wollte. Wäre Moses als Sklave aufgewachsen, hätte er wahrscheinlich nicht den Mut gehabt, einen Ägypter zu töten. Und er wäre dadurch nie zum Berg Horeb gekommen. Ohne Prophezeiung hätte es wahrscheinlich nie einen Moses gegeben, der sein Volk von der Sklaverei befreit. Das zeigt uns, dass ohnehin alles vorausgeplant ist. Deshalb sollten wir auch alles akzeptieren, was passiert. Denn jeder Versuch gegen den höheren Plan anzukämpfen, ist pure Energieverschwendung. Denn am Ende setzt sich die höhere Intelligenz immer durch.«

»Wenn es also meine Bestimmung war, heute zu sterben – warum bin ich dann nicht tot?«

»Du wurdest von deiner Vorahnung gewarnt. Und deshalb konntest du dich sofort in Sicherheit bringen. Hättest du nicht überleben sollen, hättest du nie eine Vorahnung gehabt. Denn Präkognitionen dienen uns meist als Warnung.«

»Und woher weiß ich, wann ich eine Vorahnung als Warnung betrachten soll? Und wann soll ich eine Vorahnung als Gottes Wille akzeptieren?«

»Nun, dazu kann ich leider keine Regel aufstellen. Im Normalfall sagt uns unser Instinkt, was zu tun ist.«

»Aber vielleicht habe ich ja falsch reagiert. Vielleicht hätte ich die anderen Fußgänger warnen sollen! Das schlechte Gewissen plagt mich schon seit Stunden.«

»Dazu war wohlmöglich die Zeit zu knapp! Und eventuell wäre somit alles nur noch schlimmer geworden, weil du die Fußgänger aufgehalten hättest. Nun zu deiner vorherigen Hausaufgabe: War es dir möglich, einen simplen Impuls wahrzunehmen?«

»Nun…aufgrund des Unfalls, bekam ich heute frei. Als ich endlich wieder zu Hause war, spürte ich den Impuls, mit meinem Hund zum Strand zu gehen. Dort habe ich mich von dem Schrecken erholt. Denn das Meer und die Sonne haben mir sehr gut getan.«

»Ich bin sicher, es war eine schlaue Entscheidung, diesem Impuls zu folgen. Zum Abschied habe ich zwölf Merkzettel für dich vorbereitet. Jedes Kärtchen bezieht sich auf eine Lektion. Sie sollen dir als eine Art Wegweiser dienen, damit du nicht vom rechten Pfad abkommst. Der *erste* Wegweiser besagt, dass wir alles akzeptieren sollten, was passiert. Ebenfalls sollten wir die Vergänglichkeit danken annehmen. –Der *zweite* Wegweiser besagt, dass wir uns möglichst oft in der Gegenwart aufhalten sollten, ohne ständig in Gedanken abzuschweifen. Hierfür kannst du die Meditation als Übung anwenden. –Und der *dritte* Wegweiser: Identifiziere dich nicht mit irgendwelchen Dingen – weder mit deiner Lebenserfahrung, noch mit deiner Vergangenheit. –Der *vierte* Wegweiser: Reagiere nicht auf Provokationen – weder innerlich, noch äußerlich. –Der *fünfte* Wegweiser: Entlarve die programmierten Denkmuster deines Karmas. Löse dein Karma auf, indem du dich nicht auf das alte Muster einlässt. –Der *sechste* Wegweiser: Versuche die Verbundenheit zu anderen Lebewesen wahrzunehmen. –Der *siebte* Wegweiser: Trainiere Gegenwärtigkeit, denn wenn du isst, isst du nur und wenn du läufst, läufst du nur. –Der *achte* Wegweiser: Wahre Freundschaften kennen weder einen Nutzen, noch das Anhaften. Versuche stets die Buddha-Natur des anderen Menschen zu erkennen. –Der *neunte*: Empfinde Mitgefühl mit allen Lebewesen, denn sie leiden. Je schlimmer ihre Taten, desto mehr Leid widerfährt ihnen. Die wahre Vergebung erfolgt somit von ganz allein. –Der *zehnte* Wegweiser: Bewerte niemanden – und schon gar nicht anhand der äußeren Erscheinung! –Der *elfte*: Anstatt alles bis ins Detail zu planen, folge lieber Impulsen. Denn dies sind Botschaften deines allwissenden Bewusstseins. –Der *zwölfte* Wegweiser – und somit deine künftige Aufgabe – besteht darin, jede Weisheit in den Alltag zu integrieren. Doch setze dich nicht so sehr unter Druck, dass dir dadurch nichts gelingt und sei nicht nachlässig, indem du alle Übungen auf morgen schiebst. Der Weg der Mitte ist immer der richtige. Damit verhält es sich ähnlich wie bei einem Instrument. Denn die Saiten sollten weder zu straff, noch zu schlaff gespannt sein. – Ich schenke dir ebenfalls noch ein Buch, das von einem buddhistischen Lehrer geschrieben wurde. Hier drin findest du alles, was du wissen musst. Außerdem kannst du hier her kommen, wenn du Fragen oder Probleme hast. Bestimmt wird ein buddhistischer Lehrer Zeit für dich haben. Hast du noch Fragen?«

»Nein, ich glaube ich habe alles verstanden. In vielen Dingen habe ich ja mittlerweile praktische Erfahrung. Trotzdem habe ich Angst, dass ich es nicht allein schaffe.«

»Du hast es doch schon die ganze Zeit über allein geschafft! Nur du *allein* kannst dich innerlich wandeln. Im Übrigen brauchst du dir keine Sorgen zu machen! Anstatt voller Angst darüber nachzudenken, was passieren könnte, wenn ich nicht mehr hier bin, solltest du besser Schritt für Schritt auf jede erlernte Übung achten. Du solltest weder tausend Schritte auf einmal gehen, noch stehen bleiben. Konzentriere dich einfach nur auf die Gegenwart und wende jede Übung zur richtigen Zeit an. Bald wirst du einen enormen inneren Wandel erleben, bis du permanente Glückseligkeit erreicht hast. Und sei niemals von Rückschlägen enttäuscht! Denn an manchen Tagen wird es dir besser gehen als an anderen. Gehe trotzdem immer weiter! Du hast genug Wissen, um alle weiteren Schritte allein zu gehen. Und du musst dich nicht vor dem Alleinsein fürchten. Einsamkeit ist ebenfalls eine Illusion. Und wenn du Glückseligkeit erlangt hast, wirst du weitere Weisheiten erlernen, wobei eine neue spirituelle Reise beginnt. Außerdem wirst du auf deinem Weg *niemals* einsam sein.«

Bei diesen Worten kullern Krokodilstränen aus Marisas Augen.

»Vielen Dank für alles! Du weißt gar nicht, wie sehr du mir geholfen hast. Ich habe mich noch nie so gut gefühlt wie jetzt.«

»Gern geschehen! Aus diesem Grund bin ich immerhin wiedergeboren worden. Ich lebe, um anderen zu helfen. Und ich freue mich jedes Mal, wenn ich jemandem behilflich sein konnte.«

Nachdem Lama Njima zum Abschluss ein kurzes Gebet gesprochen hat, erhebt er sich. Marisa folgt seinem Impuls und wischt sich währenddessen die Tränen von den Wagen. Zum Abschied umarmt sie Lama Njima, der von dieser Geste vollkommen überrascht ist. Mit gemischten Gefühlen verlässt Marisa anschließend das Buddhistische Zentrum.

Monate später

In den letzten Monaten hat sich vieles verändert. Mittlerweile arbeitet Marisa in dem einzigartigen Gemüseladen, von dem sie derart begeistert ist. Sie ist mächtig froh darüber, diesen Arbeitsplatz bekommen zu haben. Obwohl es dort ziemlich hektisch zugeht, gefallen ihr die Arbeitszeiten. Denn während der Mittagspause darf sie für eine Stunde nach Hause, wodurch sie mehr Zeit für Ronaldo hat. Außerdem muss sie nie wieder Spätschichten übernehmen und bis Mitternacht arbeiten. Selbst die Bezahlung ist etwas besser als im Supermarkt! Obendrein kommt Marisa gut mit ihrer neuen Vorgesetzten aus. Zwischen ihnen ist eine enge Bindung entstanden. Die Gemüseverkäuferin Lucia ist zu ihr wie eine Mutter. Denn in ihren Augen ist Marisa das Kind, das sie sich immer gewünscht hat, aber nie bekommen konnte.

An Wochenenden trifft sich Marisa meist mit Alvaro. Nachdem ihr der junge Mann am Unfallort geholfen hat, hat sich zwischen ihnen eine tiefgründige Freundschaft entwickelt. Oft gehen sie gemeinsam mit Ronaldo wandern, während sie sich über diverse Themen unterhalten. Marisa ist überglücklich, einen Gesprächspartner gefunden zu haben, mit dem sie über alles reden kann. Denn zu Marisas Überraschung hat Alvaro selbst einige Erfahrungen mit paranormalen Phänomenen gemacht. Auch er hat das Gefühl, dass ihm zuweilen eine übernatürliche Kraft hilft.

Ronaldo ist nun auch glücklicher, da Marisa an Wochenenden mehr unternimmt. Dabei darf er sie immer begleiten, wodurch er den Auslauf bekommt, den ein sportlicher Hund braucht. Außerdem ist er froh, dass sein Frauchen jetzt nicht mehr so deprimiert und niedergeschlagen ist. Vielmehr blüht sie nun auf wie eine Blume.

Wie es Lama Njima empfohlen hat, übt Marisa jeden Tag. Morgens und abends meditiert sie. Bei jeder Tätigkeit versucht sie absolut präsent zu sein. Unangenehme Vorfälle akzeptiert sie ohne zu zögern. Obendrein macht sie sich jeden Tag aufs Neue der Tatsache bewusst, dass alles vergänglich ist. Einmal pro Woche überprüft sie, worüber sie sich definiert, wobei sie ‚falsche' Identitäten sofort auflöst. Jeden Tag versucht sie ihre Verbundenheit zu anderen Menschen wahrzunehmen. Wenn sie mit jemandem spricht, bemüht sie sich, die wahre Natur ihres Gesprächspartners zu erkennen. Anstatt sich über unhöfliche Leute zu ärgern, kultiviert sie ihnen gegenüber Mitgefühl. Sie gibt sich große Mühe, niemanden zu bewerten und achtet häufiger auf ihre Impulse. Ihr Instinkt weist sie oft darauf hin, welche Übung im gegenwärtigen Augenblick angebracht ist. Schritt für Schritt nähert sie sich der Glückseligkeit, ohne sich dabei unter Druck zu setzen und ohne nachlässig zu sein.

Der Abschied

Wüstensand peitscht in Marisas Gesicht, während die heiße Sonne ihren Körper wärmt. Als sie sich umschaut, entdeckt sie drei große Pyramiden. Zögernd nähert sie sich schließlich diesen beeindruckenden Bauwerken.

»Marisa!«, ertönt eine Stimme hinter ihr.

Erschrocken dreht sich Marisa um.

»Mama!«, ruft sie erfreut, ehe sie ihre geliebte Mutter umarmt. »Ich bin ja so froh dich zu sehen!«

Ihre Mutter lächelt und schweigt einige Sekunden.

»Marisa, ich freue mich darüber, dich so glücklich zu sehen! Du lächelst viel öfter als vorher. Und du wirst dich auch von Tag zu Tag wohler fühlen. Ich bin so stolz auf dich, meine Kleine! Übrigens habe ich dir geholfen, einen besseren Arbeitsplatz zu finden. Lucia wird dich behandeln, als seiest du ihre eigene Tochter. Sie wird dir die Mutter sein, die ich seit deinem achten Lebensjahr nicht mehr sein kann. Und Alvaro wird dir auch in Zukunft beistehen. Er hat ein gutes Herz. Und er hat die gleichen Interessen wie du. Außerdem wirst du noch viele nette Menschen kennenlernen. Und folge weiterhin Lama Njimas Ratschlägen! Sie haben dir *so* sehr geholfen. Und versprich mir, dass du niemals aufgibst!« (Marisa nickt). »Ach, ich bin so stolz auf dich! Meine kleine Marisa!«

Die Mutter umarmt ihre Tochter, als wäre es das letzte Mal.

»Aber nun muss ich mich von dir verabschieden! Mir stehen nämlich neue Aufgaben bevor. Deshalb werde ich dir von nun an keine Botschaften mehr schicken können. Aber unsere Verbindung bleibt trotzdem bestehen. Dein zeitloses Ich wird meine Gegenwart für immer spüren können, selbst wenn wir weit voneinander entfernt leben…« Marisas Mutter hält inne, als sie ihre Tochter weinen sieht. »Weine nicht Marisa! Weine nicht, meine Kleine!«, spricht sie ihr zu, während sie sie umarmt. »Ich bin immer bei dir! Wenn du mich suchst, dann schau in die wahre Natur deines Geistes. Dort wirst du mich immer finden! Wenn du Hilfe brauchst, dann bitte Gott um Unterstützung und eine übersinnliche Kraft wird dich begleiten. Du wirst *nie* allein und hilflos sein, denn Einsamkeit ist bloß eine Illusion. Sobald du Gott um Hilfe bittest, wirst du die andere Präsenz bemerken. Kopf hoch, Marisa!«

»Das heißt, ich werde dich auch im Traum nie wieder sehen?«, schluchzt Marisa.

»Du wirst mich sicherlich noch häufig im Traum sehen – nur werde ich dann anders aussehen als jetzt. Weine nicht, meine Kleine! Dir geht es mittlerweile so gut, dass du meine Hilfe nicht mehr benötigst. Von nun an schaffst du es auch ohne mich. Glaub' mir; es wird dir von Tag zu Tag besser gehen!«

Marisa wischt sich die Tränen vom Gesicht und schnieft.

»Na ja…wenn du meinst…dann leb' wohl Mama!«

»Leb' wohl, liebe Marisa!«, erwidert die Mutter, während sie ihre Tochter erneut ganz fest drückt.

»Willst du mit mir zum Abschied durch die Lüfte fliegen und die Welt bewundern?«

»Ja, bitte!«, schluchzt Marisa.

»Wohin willst du?«

»Zu einem Wasserfall. Egal wo!«

»Gut, dann komm' mit!«

Die Mutter nimmt Marisas Hand, wobei die Wüste plötzlich aus der Sicht verschwindet. Für einige Sekunden sieht Marisa nur noch verschwommene Farben, ehe sie Hand in Hand mit ihrer Mutter unter den Wolken gleitet. Marisa hört ein gewaltiges Rauschen, das von der Tiefe zu kommen scheint. Als sie ihren Blick senkt, sieht sie einen gigantischen Wasserfall, über dem sich ein nebelhafter Dunst bildet. Neben dem herabströmenden Wasser sind sogar Regenbögen zu sehen, die in der Sonne glänzen. Das hinabstürzende Gewässer prallt in einen tiefer liegenden Fluss, der paradiesisch schimmert und von Felsen, Gras und tropischen Bäumen umsäumt ist. Während Marisa mit ihrer Mutter die Aussicht bewundert, fliegen Singvögel an ihnen vorbei. Schließlich bricht ihre Mutter das Schweigen.

»Leb' wohl, meine Liebe! Ich muss jetzt fort! Ich liebe dich, mein Schatz!«

»Lebe wohl, Mama! Ich liebe dich auch!«

Vor ihren Augen löst sich die Gestalt ihrer Mutter allmählich in Luft auf, während Marisa weiterhin über dem Fluss schwebt. Unter ihr schimmert das Wasser im Sonnenlicht; und vor ihr stürzen gewaltige Wassermengen in die Tiefe. Die bunten Vögel scheinen wie Engel zu singen und die Regenbögen leuchten wie Feuerwerk. Sachte schwebt Marisa zum Flussufer, wo sie sich auf einen Felsen setzt. Gemütlich zieht sie ihre Schuhe aus und taucht ihre Füße in das erfrischende, glitzernde Wasser. Während sie mit offenen Augen meditiert, um sich vom Schmerz zu befreien, lauscht sie dem Rauschen des Wasserfalls, dem Zwitschern der Vögel und dem Zirpen der Grillen. Als sie die erfrischende Luft tief einatmet, schließt sie entspannt ihre Augen. In ihr erkennt sie das helle Licht und spürt die tiefgründige Glückseligkeit, die sie mit ihrer Mutter und allen anderen Lebewesen verbindet.

.